父兄先後過世、前夫的劈腿背叛、公司被掏空負債數億……
一個女人，如何走過生命的幽谷，重新攀向人生的高峰？

愛搭車的女人，只為走更遠的路

——在愛與死亡錯局中的生命領悟

一本傳達愛
與勇氣的生命之書

林心笛 著

關懷弱勢及回饋社會

自小出生貧困的林心笛女士，對弱勢族群特別能感同身受，參與公益活動總是不落人後，時時付出雪中送炭的關懷，將健康與幸福傳遞給每一個需要的人。

2012年受邀警察廣播電台寒冬送暖關懷獨居老人活動

2013年受邀佛光山人間福報三好公益幸福活動

2014年贊助關懷弱勢兒童總統府歲末聯歡童樂會

2014年贊助閩台殘疾人身障兩岸文藝交流推廣

推廣健康及傳遞幸福

從罹患腦腫瘤後重生的林心笛女士，到世界各地推廣健康養生正確觀念視為她的善業、志業，希望可以幫助更多需要的人獲得健康。

2011年受邀至馬來西亞大衆書展巡迴演講

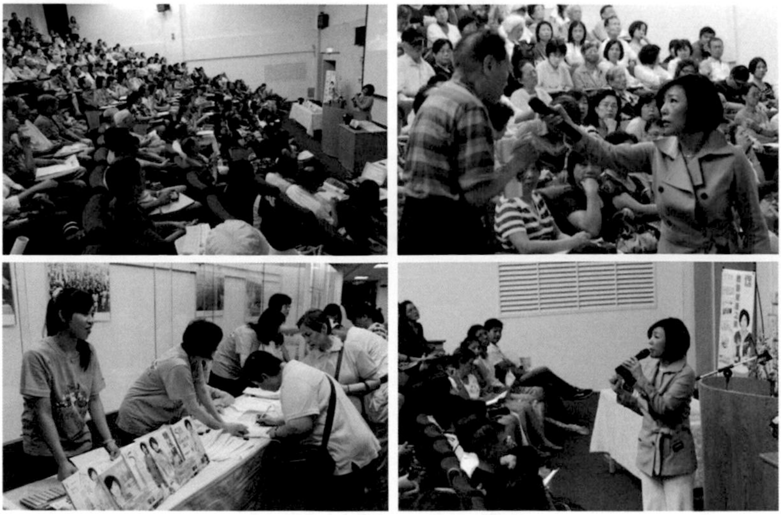

2011年受邀至國父紀念館旺旺中時主辦美麗身心講座主講

2013年受邀第九屆台北國際素食暨有機博覽會參展

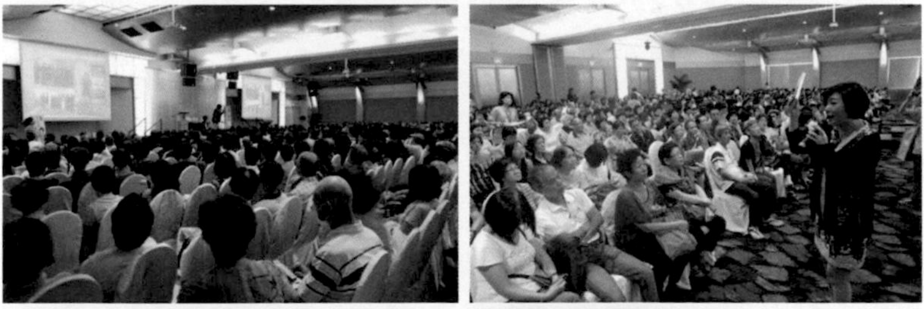

2014年受邀至新加坡「林心笛舞動生命奇蹟」巡迴演講

推廣健康，授頒榮譽獎項

企業發展取得成績就要回報社會出貢獻，所謂「取之社會，用之社會」對社會做出愛與誠心的感恩回報，林心笛女士致力推廣健康，授頒榮譽獎項，她那份對生命永續的愛，堅定而不斷地持續傳播下去。

2012年榮獲亞洲101傑出企業家十大最佳愛心品牌獎

2014年授頒夏威夷Honolulu University商學院榮譽博士

書序

這是一本傳達愛與勇氣的書。

不少朋友知道，心笛曾被醫師宣判罹患腦瘤，手術也無法根除，術後又癱瘓，性命如同風中殘燭。後來在因緣際會之下，心笛接觸了日本立石　和博士的蔬菜湯，腦腫瘤奇蹟般消失，連醫師都不敢置信。因此，心笛從此以「健康大使」自居，創辦「常景有機生物科技公司」，致力推廣「日本養生蔬菜湯精華湯汁」、「日本養生發芽玄米精華湯汁」，不僅把「推廣健康」視為終生事業，更是志業，也是善業。

但鮮為人知的卻是，在這過程中，心笛還經歷了父兄先後過世的哀傷、前夫的劈腿背叛。原本，心笛還天真地以為與丈夫感情深厚，卻赫然發現這個牽著我的手睡覺、時常甜言蜜語的男人，早與公司女職員們外遇多年，對象包括心笛極為信任的管家、秘書。最後，我還赫然發現公司早已被他掏空，一夕之間，我背負了數億元債務……過程中的心碎、痛苦、糾結、無助，實在是筆墨難以形容的。竟有一度，我以為除了「死」，我的生命再也沒有其他出路，內心也忍不住吶喊：「老天爺，祢為何要對我如此嚴厲？」

直到有一天，我在日本的有機工廠，望著藍天發呆。突然一陣怪叫，吸引了我的目光——天空中，一隻烏鴉被老鷹捉住了，發出悽厲的哀嚎。我在心中替毫無勝算的烏鴉不忍，不料，剎那間，烏鴉彷彿最後一搏般，牠拚命地要翻身，但無法動彈，最後用脖子的力量重重地啄老鷹的身體。老鷹忍不住疼痛，鬆開了爪子，烏鴉趁機展翅高飛，最後消失在天空中……

那一幕，讓心笛極為震驚，回想起來，竟彷彿是上天刻意安排的啟示——烏鴉能，我為什麼不能？何況在我身後，還有這麼多常景的愛用者、員工、朋友、家人在支持我，不是嗎？

因此，心笛振作起來，力圖解決公司債務、弭平心中的傷痛。一路走來雖然辛苦，卻也「關關難過，關關過」。更在過程中，成為一個更堅強、更圓融的女人，懂得珍惜苦難與惜福感恩，更知道幫助弱勢、回饋社會的重要。

臺灣人常說「家醜不可外揚」，這次出版《愛搭車的女人，只為走更遠的路——在愛與死亡錯局中的生命領悟》一書，也有朋友勸我：「何必把自己的家務事公告周知？又何必再掀起已經癒合的傷疤？」

其實，心笛這麼做，是有原因的——臺灣的離婚率愈來愈高，在現代社會，夫妻白頭到老，彷彿成為一種奢求。心笛身邊也有不少朋友，和我一樣，經歷了被丈夫背叛、拋棄的痛苦。只是，她們未必跟我一樣幸運，可以勇敢地站起來。有人罹患憂鬱症，每天以淚洗面，有人甚至選擇輕生……

再一次回憶與前夫從交往到分手的點滴，再一次回想起「療癒期」的疼痛，真的不好受。但我衷心盼望，這本書能給在感情上受挫的朋友們一點鼓勵，同時也希望所有看過這本書的人，都能「勇敢做自己」，在學會放手之後，能如同羽化蛻變的蝴蝶，活出自信，活出更美好的自己！

現在回頭看這段婚姻，心笛真覺得離婚是我的「福報」——不經歷這一段，我怎麼學會不再卑躬屈膝，有話直說？我怎麼能知道什麼才是真正的「愛」？不離開「錯的人」，我又怎麼有機會遇到「對的人」？這些挫折，竟是上天給我最珍貴的禮物啊！

也許你也跟我一樣，在感情路上摔跤，跌得遍體鱗傷，但請鼓勵自己「永遠不要放棄希望」。唯有不放棄自己，我們才有可能等到撥雲見日的那天，終於能自在地在天空中遨翔！

誠摯祝福每一位讀者：身體健康、幸福美滿！

荒菜の美人 林心笛

目次
Contents

春耕篇　確立人生志業

第1章　花兩億代價看清愛情　014
第2章　絕境逢生的蔬菜緣　017
第3章　幾經波折的湯水事業　022
第4章　魂牽夢縈的日本養生村　027
第5章　讓人生跌一大跤的背叛　038

夏耘篇　走出情傷與經營困境

第6章　忍痛將貶值珠寶變現　050
第7章　菩薩給的一堂人生課　054
第8章　我真的看錯人了？　061
第9章　感激無私相挺的貴人　070
第10章　感謝曾經擁有，離開是一種福報　077
第11章　踢開絆腳石，展翅高飛　084

秋收篇　回首紅塵心事

第12章　老鷹和烏鴉相鬥的啟示　094
第13章　記得我二十歲時的眼神　097
第14章　媽媽為愛穿旗袍的身影　102

第15章　愛搭車的女子　105
第16章　青蛙與毒蠍子的故事　108
第17章　出軌的愛情還能再回來嗎？　112

冬藏篇　勇敢斷捨離，正能量自然湧現

第18章　謝謝你，終於知道我的好　122
第19章　做真實的人，不做爛好人　127
第20章　女人何苦為難女人　131
第21章　當小三是被哄出來的　139
第22章　江蕙的臺語歌療癒了我　143

療癒篇　買一張幸福入場券

第23章　接納愛的「不公平」瑕疵　152
第24章　八招走出情傷自救法　156
第25章　少說消極的負能量話語　164
第26章　吃零食能療癒心情　166
第27章　提振幸福力的十個妙方　171
第28章　「讚美操」舒眉、展顏、拉筋骨　175

46則愛的小語　177

春耕篇

確立人生志業

第1章 花兩億代價看清愛情

我坐在文華東方酒店的高樓上，眺望著遠方一片碧藍的海灣，飽覽新加坡海港迷人的景致。身處這座把東方藝術元素融匯其中，韻味別樹一幟的華麗酒店中，不禁讓人悲喜交錯。

我已經來過新加坡多次，但是二〇一二年十二月來這裡參加「二〇一一傑出企業家愛心品牌獎」頒獎典禮大會，格外讓我悸動不已。我望著手中這座「感動亞洲二〇一一企業家愛心獎牌」，內心百感交集。回想過往，我一定會把這份榮耀獻給我丈夫，兩人也會一起出席這些特別的場合，但自從二〇一〇年六月簽字離婚後，我下定決心揮手告別經營二十多年的婚姻，以及那個無限包容的好妻子角色。我孑然一身，決定做一個對自己負責的企業界女人，將過去歸零，一切重新來過。我告訴自己：「林心笛，絕不要輕易放棄。因為腦瘤開刀，曾在鬼門關走一回都不怕了，又有什麼事比死亡更可怕嗎？」

我很慶幸自己終於撐過一場企業大危機，重新站起來。雖然一路流著辛酸的眼淚，仍然咬著牙對自己說：「雖然被自己的先生背叛，甚至他還揚言要讓我生不如死，但我不需要依靠那男人，也不會懼怕，我一定要東山再起。」雖然公司一度因為他有計畫性的掏空資金，面臨了破產及商譽毀於一旦的驚懼，而我也必須忍痛付出將近兩億虧空的驚人金錢代價，面對種種心力上的折磨、氣憤、挫折、自責。但是我憑著天生不服輸的韌性，一路戰戰兢兢地走過來，雖然過程是多麼難熬、無助、痛心，也讓我幾度羞愧自責到想以死了結，但我認為還是值得的。

這個愛心品牌獎，對我而言真的是意義深厚。引用新加坡前豐加集選區國會議員洪茂誠先生在《商界典範》一書的序言：「企業的成功發展猶如栽培一顆果樹。首先，必須要選擇好的品種，適當的種植條件，良好的環境，配合專業人員的栽培與照顧，果樹才能順利生長，開花結果。想要成為長青企業及獲得良好成績，最重要的理念就是要以人為本。」而且他指出，企業發展取得成績後，就要回報社會做出貢獻，對社會做出愛與誠心的感恩回報。

這些都是我開始經營常景有機生物科技有限公司時的初衷。十多年來我用「堅持創造人生奇蹟，用愛心打造健康王國」，推出養生五色蔬菜湯、發芽玄米茶精華湯汁，風靡全球華人區，將「健康、愛心、善心之觀念，傳遞給每一位需要的人」也是常景公司以發展健康事業，將愛心公益回饋社會的主旨。這次成為亞洲區「二〇一一商界典範」精選出的二十位成功企業家之一，我備感殊榮。我相信我的堅持，不管歷經多少挫折痛苦，只要是對社會有幫助的事，我一定會堅持做下去的，就像那位生我、育我、養我的老芋仔榮民老爸，他一生所執著的「精忠報國，愛家愛國」的理念一樣，不問為什麼，只要是對的，就義無反顧地去做吧。

第2章 絕境逢生的蔬菜緣

認識我的人，大概都知道我和五色蔬菜湯的因緣。在此，我再簡單介紹一下，因為這份健康事業是我人生很大的轉捩點，它改變了我的人生，也由於它，我願意一生一世投注在這份愛心健康志業上。

因五色蔬菜湯汁重獲健康

我曾經是一位罹患連醫師都宣布無法治療的腦腫瘤患者。當我得知自己罹患此病症時，如同囚犯被判死刑，一天天等待那殘酷的日子降臨。那時的我，在商場已上小有成績，公司旗下專門製作及代理精緻皮件進出口的生意，業績蒸蒸日上，也正與日本洽談進一步的合作事宜。然而這場大病，卻斷絕了我一切的未來美景，所有的希望與夢想都成泡沫幻影。

就在我認定生命的終點隨時會到來時，突然想起日本友人澤野社長之前曾飲用由五種蔬菜熬煮出的湯汁，那是日本相當流行的救命及保養飲品。這個將五種根莖類蔬菜以不同的比例調和熬煮成的神奇汁液，可讓商界的名人澤野社長曾罹患肝癌不藥而癒，並且修補了原本羸弱的身體細胞，和我幾年前見到他蒼白柔弱的樣貌完全兩樣，令我重燃生機。

於是，我抱著死馬當活馬醫的心態，請澤野社長取得日本立石　和博士蔬菜湯的配方素材，每天熬煮，把蔬菜湯當三餐來喝，再搭配發芽玄米湯汁飲用。漸漸的，我感受到生命的力量在靈魂深處掙脫桎梏而復甦起來，體內的每一個細胞都充滿活力，增添了我活下來的信心。等我的腦腫瘤不可思議的消失，且身體逐漸復原，重拾健康，並奇蹟地再度踏上商場之際，我心中立刻確定了一件事，「五色蔬菜湯汁」將是我未來傳遞愛與健康給世人最好的禮物。

全心投入新志業

我是一個天生的「勞碌命」，還記得我在嘉義鄉下時，為了幫忙家中生計，七、八歲時就會幫父母四處賣、買東西，像是將賣饅頭賺來的錢，再買一些鄉親喜歡的頭飾、絲巾或日用品。爸爸常常誇我：「真是個幫家裡做事的好幫手，還會做生意，如果是男孩子就更好了。」每次聽到爸爸說這話時，我就想：「女人也可以做男孩子能做到的事，我雖然是女孩子，但一定能做到，你不要重男輕女。」當我創業成功後，我告訴爸爸：「我和男生一樣，做到創業的事了。」爸爸總是笑笑的，不答一句話，但是我了解他對我的愛及鼓勵是默默放在心上，只是他不擅於表達出來罷了。

我從十八歲就出社會開始創業，所涉足的行業從餐飲、化妝品、皮件等各種領域不一。因為我的生意眼光精準獨到，只要看準了商品的利基在哪裡，必定能豪邁地放手大拚一場，在商場上縱橫數十年來，我累積了不少財富。尤其是在房地產的投資上，總是能洞悉先機，但是往往為了愛先生或是尊重先生的看法，在幾次投資上都因為聽了他的意見而收手，造成很大的損失。因為如此，我對自己的生意眼光更加充滿信心，當然也埋下了日後枕

邊人的埋怨和不滿心態，更造成了日後更大的傷痛與災難。套一句大家常說的：「千金難買早知道。」只有在走過後再回頭看時，才了解這都是老天爺要給我的功課，讓我不斷的磨練與學習，才能有更寬大的開悟心去包容和幫助別人。

只是，這一場腦瘤大病將我的事業打回原形，又得從不熟悉的生機食物領域中重新開始努力打拚。當我遇見了發明五色蔬菜湯的科學家——立石 和博士，又看見了這項商品的事業遠景，那就是：每天奔波市場採買、洗切食材，還要烹調過濾出湯汁，實在太麻煩了，為什麼不推出以黃金比例切好、調配好，採用優良乾燥蔬菜包，讓愛用者買回去直接用熱水熬煮或燜泡後即可飲用呢？

日常食用方法與食療的方式是截然不同的，立石 和博士不但運用真空太空艙急速低溫冷凍乾燥食品凍精技術做真空處理，把食材之水分氣化、蒸發、昇華，確保新鮮蔬菜的食材營養不流失且更加濃縮更精萃，使其功效更佳，還在包裝內層使用七層防潮鋁箔袋、加裝高密度之材質，讓急速冷凍乾燥蔬菜得以保持極度的乾燥且不易變質。而我為了讓製造過程能統一在日本進行，又在當地尋找擁有日本政府農林廳認可JONA協會（在日本歷史最悠久、最具有公信力的JAS有機認證機構）則是世界級最高規格的有機JAS認證，為了確保素材品質，並運用自然耕種法以契作有機蔬菜，要求百分之百純天然、無任何添加物，即使成本提高，毫無利潤也無所謂，只要效果好最重要，因為我相信：「五色蔬菜湯及發芽玄米湯能幫助我逃脫病魔，也可以幫助更多需要的人獲得健康，這項商品可是救命的菩薩呀。」

為了讓我後半輩子的唯一想做的商品——「五色蔬菜湯及發芽玄米湯」能暢銷且有口碑，我再次豪擲了我的精力與財力。一開始，我砸下很多經費取得立石　和博士的授權，與日本當地的有機農主契作，尋找有機認證之工廠，並且透過各種方式，上山下海不停的為這五色蔬菜湯組合做見證，四處演講。只要有群眾的地方，我就會去推廣，讓大家試喝及舉辦演講活動。不但自己做見證，還把我的姊妹、朋友一塊拉來試喝，做有力見證，甚至連每週六、日的登山隊活動都不放棄，跟著去爬山，到山上做見證說明及免費試喝，或是到醫院、夜市設攤，一步一腳印，就是藉由我自己的經歷，讓更多人接觸並了解五色蔬菜湯的功效。那是一段令人回味又充滿希望的時光歲月。

另一方面，我常與同仁們吃飯搏感情，處處關心他們的生活，甚至出讓自己的房產作為員工宿舍，希望大家能同心攜手走出蔬菜湯的一片生機天。最讓我感動的是，在創業的歷程裡，還有許多義工媽媽及會員朋友們健康大使的鼎力相助，他們不辭辛苦地在醫院擺攤、到處分送蔬菜湯及發芽玄米湯，這份志業才會在短短幾年間蓬勃發展，並受到全球十幾萬名會員的支持及愛用。

第3章 幾經波折的湯水事業

這份新事業看似一帆風順，然而卻是歷經幾番風雨與磨難。我的做事態度是，「要做，就要做到最好」；當我想運用日本的技術生產優良產品時，也必須尋找當地的有機農園搭配，以作為產品來源。我找了幾間通過日本政府最高規格的ＪＡＳ有機認證、採用自然耕種法的農場合作，但一年得支付三千萬元台幣的保證金，而且第一次就得訂購一千萬元的蔬菜湯及發芽玄米湯。

差點被颱風吹垮的勇氣

當時的資金並不充裕，又得不到家人的支持與諒解，尤其是先生簡直完全看衰我，認為我好好的皮件賺錢生意不繼續做，「玩」什麼湯湯水水的，簡直笑死人，但是我的堅持與執著告訴我：「這是有意義、能助人的良心志業，要好好把握。」因為家人不支持，我只好四處找銀行借貸、找朋友幫助解困，好不容易找到願意慷慨解囊的友人借貸，同時動用我的祕密帳戶，讓資金到位後，才順利把得來不易的契作合約保住，踏出了五色蔬菜的第一步生機。

當初因為自己已經離不開「五色蔬菜湯」與「發芽玄米湯汁」，而一廂情願地投入經營這兩項產品，雖說初生之犢不怕虎，但我在當時一點兒也不瞭解健康產品的市場，即使我到處跑場大力演講推廣，也無法真正讓事業順利發展營運起來。原本只是憑著自己喝蔬菜湯組合將病痛改善好了的這份熱情，希望讓大家都來喝它並得到健康，卻不知道隔行如隔山，所面臨的困境是空前也是絕後的，第一樁遇到的大事差點讓我鼓起的創業勇氣馬上洩盡。

公司在成立後不久即遭遇納莉颱風來襲，臺北市一夕之間成為水鄉澤國，讓存放在一樓地下室倉庫中的貨品、檔案資料、軟硬體設備及懷念的照片全部泡湯，所有的心血付之一炬，讓我差一點得憂鬱症，走不出失敗的困境來。先生不但訕笑我的無知，還頻頻告訴我：「沒有我，妳能隨便就創業成功嗎？」我像鬥敗的公雞，只能默默吞忍他人的責難及嘲諷。

但是，感謝老天的眷顧，也許祂看到我是誠心要將蔬菜湯的好處帶給更多需要健康的人，讓我平安的度過這場考驗，這場無望的水災之禍沒有將我擊垮，因為冥冥中菩薩的助力，讓我轉危為安，也促使我更加的感恩，而投入更多的公益活動，希望能報答老天。

【小故事】學會彎腰

你知道加拿大的魁北克有一條南北走向的山谷。山谷中惟一引人注目的竟然是在東坡邊上長的雪松。這個奇景，是一對頻臨婚姻破碎的夫婦他們發現的。

故事發生在一九八三年冬天，這對夫婦為了重尋往日情懷，決定做一次浪漫之旅，如果能找回就繼續生活在一起，若是找不到那種感覺，就友好分手。

當他們來到這山谷時，天正刮起大風雪。他們望者滿天飛舞雪花，發現東坡的雪總是比西坡的雪刮得大，也來得急。不一會兒，雪松上就落了厚厚的一層雪。

當雪積到一定程度時，這些雪松富有彈性的枝椏就會向下彎曲，一直到雪從枝椏上滑落。這樣一次又一次反覆數次，那些雪松依然屹立不搖，完好無損。周遭其他的樹，被風雪一壓，都紛紛斷裂。

妻子看見這一景觀，很感動的悟出：「東坡的雪松因為彈力夠，懂得彎曲才不會被大雪摧毀。」一夫妻兩人突然明白了相處之道，相互擁吻著，手牽手，找回他們昔時的愛情。

很多時候我們忘記了，當外界的壓力排山倒海來時，雖然我們要盡可能地去承受，然而在無法承受時，要學會彎腰，就如雪松一般，退讓一步，就不會被壓垮了。學會彎腰，不是可恥的事，它是人生必修的一門藝術。

競爭對手的醜惡手段

就在事業逐漸步上軌道之際，我又遇上另一件商業競爭下的醜惡事件。一間同樣從事五色蔬菜湯銷售的同行，自稱他們才是真正取得日本立石　和博士授證的代理商，因此對公司提起刑事告訴。我原本不在意，因為我有十足的證明：立石　和博士的書面正式授權與授權金領受書及證人，如要步上法庭，這些證據都是無法磨滅的事實。

但對方更進一步利用媒體和立委的炒作，爆料我們公司賣的產品是偽造的有機商品，想要再次打擊公司的商譽。我當然也不擔心，因為當初千辛萬苦找上日本當地通過ＪＡＳ有機認證書的農園，自然也保存其證書及合作證明，都是在法庭上能一翻兩瞪眼的實據。

我後來了解到，因對方曾經參加日本有機園遊會，遇到立石　和博士並與他拍合照，就想以此照片偽稱已取得博士的口頭授權，希望能以此與我們分享其授權商標。我當然無法苟同這種分享與合作，因為對方以不正當的方式打擊我們，又不能確保其產品的品質，不僅會影響到五色蔬菜湯的效果，也有可能會危害到許多人，尤其是那些已有疾病、想要獲得健康的人。

雖然這件官司是穩操勝算的，但整個過程冗長且費時費力，而且當時正值企業處於茁壯初期，得對內訓練員工，還要到國內外各地去推廣。同時，為了確保服務品質及顧客滿意度，公司成員的服務要有一定的水準，同時得定期關心顧客的健康與使用狀況，確保與愛用者維持良好緊密的互動等等。我在蠟燭兩頭燒的忙碌狀況下，不僅要讓企業體能步上穩定的成長茁壯營運軌道，還得分身應付隨之而來的好幾份莫名其妙的官司訴訟，可以想見當時我身心的疲憊與無奈。至今，當我再度面對一波波打擊時，若有人問我：「如果還有重來的機會，你還會做這樣的選擇嗎？」我會一口氣毫不考慮地說：「是的，我依然會再度選擇它，因為那是我的使命，是我的信念，是事業、是志業、是善業。」

既然發願步上這條生機之路，無論老天給我的磨難有多艱困，我還是會盡全力、不逃避地迎接各種挑戰，因為我認為這是老天給我的功課，幫助我成功實踐願望——發揚五色蔬菜湯及發芽玄米湯汁的好處與功效，讓有緣的人都能分享這份健康與幸福。

第4章 魂牽夢縈的日本養生村

從前，我喜歡工作、喜歡賺錢，但這絕不是為了享有更多的財富。從小，我看著父母辛勤工作養活我們一家六口，就想要快快長大去工作、賺大錢，並買或蓋一棟漂亮房子給父母住，讓他們過更富裕的生活。雖這願望實現後，我又看到公司的一些義工媽媽們獨自居住，不禁讓我想到他們的老年該如何度過？誰能買間房子讓他們安享天年？

勾勒長壽村的夢想

在大病一場後，我想過不能工作時，應該過什麼樣的生活？在夢想裡，我想住在一個環境優美、與塵世隔絕的幽谷中，周邊伴隨著一些好友，彼此互相照料的生活，並自給自足地度過悠閒時光。

當我再度回到工作崗位上後，便打算將夢想付諸實踐，辛苦地存了一些錢買土地，再一步步建房舍，打造一座適合退休居住的度假村，再與好友一起入住。但在我投入五色蔬菜湯的推廣工作後，經常看到許多因為生活壓力、吃不對食物、過不對生活的人罹患大病，真的為他們感到心痛和不捨。只是一個小感冒就很痛苦了，何況是生大病？縱使他們有不錯的物質生活，但心靈貧乏，也欠缺寧靜的生活空間，再加上病痛，只會讓他們的生命更加憂鬱如此惡性循環的生活方式。於是我轉向將原本的退休養老村改為「長壽村」：一座徹底實踐養生的快活地，讓每位會員朋友們入住在這塊依山傍水的園地裡，每天都能吃到健康可口的養生餐及排毒餐、隨時可做健康諮詢，以便了解自己的身體狀況。

不但如此，這裡還可提供許多能夠豐富的身心靈課程，例如大笑運動、養生操、心靈成長課程，或是積極的斷食淨食療法，來幫助大家清除囤積於身上的毒素，而且調息生活節奏，找回健康的生活步調。

緣牽夢想美地

這個想法在我投入健康事業的第三年後，就開始著手進行規劃。我原本在林口買了一塊地，正準備開始興建，卻被高姓建商所騙，金額高達六〇〇萬元，但他是先生的朋友，錯綜複雜，只好作罷。然而二〇〇二年，一趟例行的日本勘查之旅，卻讓我有了不同的收穫。過去，我每年都會抽空到日本的有機園區勘查，一方面尋找更好的有機農園，同時也可以跟合作的有機農家們搏感情。二〇〇四年，我按照既定行程前往有機園地，在途中經過一座山中小廟，突然頓生熟悉感，就像在夢中遇見過的場景般，我要求司機停下車來，讓我下去走走。

我一邊思索、一邊回味這股熟悉的氛圍，試圖找出與記憶或是夢境中相同的蛛絲馬跡，我踱步前往遠處的一座精舍一探究竟。沒想到，精舍裡供奉的竟然是觀世音菩薩、地藏王菩薩與阿彌陀佛，這些菩薩和我家佛堂裡供奉的佛像是一樣，連擺設的位置也雷同，難怪我有似曾相似的感覺。然而，事後回想起來，卻無法解釋這份不可思議的巧合與機緣，難道精舍裡的環境會影響外在的氛圍，而牽引著我入廟一拜嗎？或是累世的牽引羈絆呢？

當下我並沒有多想，我以一顆虔誠的心在精舍裡拜拜禮佛，並與地主閒聊這座廟、這片山林的背景。地主告訴我，「這片土地約有五十多甲，原本預定用來生產軍事用品，但日本經濟泡沫化之後，龐大的開銷無法繼續支持用地的開發，因而廢置至今。」我隨著他走出精舍外遠眺，發現眼前盡是一片綠蔭繽紛的山林美景，景色宜人，有如人間仙境。根據仲田社長說，山林裡還有許多梅花鹿等珍奇美獸。不知是什麼靈感啟發了我，竟突發奇想地向仲田社長表示：「您有可能割愛嗎？」不僅社長吃一驚，我也暗驚了一下，因為我馬上想到，若是要買下這片土地，得準備好幾億的資金，哪來的經費？仲田社長顯得很為難，畢竟我是外國人，還是個陌生人，怎麼可能將土地隨便轉賣給我呢？

我沒有多想，一切隨緣吧，就留下一張名片，當這一切只是個偶發的緣分罷了。

兩年後，我意外接到外交部的電話，說是一位日本人要找我，而這位日本人正是之前巧遇的地主；他急著找我，想要把土地轉賣給我。我有點震驚，這段早已遺忘的過往突然被他提及，令我有些手足無措。不知什麼原因，日本地主執意要我買下這片土地，讓我不得不重新思考當初突發奇想要買下這塊土地的事。

「我是個外國人，如果要把土地賣給我，就要有完全的過戶。」

據我所知，那片土地約有七十八筆所有權，想要讓這麼多戶在短時間內達到共識並讓出土地，實非易事，再加上日本人是有排外傾向的民族，要他們將土地賣給外國人，應該是件很困難的事。但是，正因為我是外國人，所以需要更完整的保障，如果只是簡單一張買賣契約而拿不到實質權狀，恐怕以後發生糾紛時，對我是絕對不利且沒保障。於是，我提出希望擁有完整的保障要求，而且心想地主一定也無法完成這項艱困任務的要求，而打消將土地賣給我的念頭。仲田社長說：「我去想辦法。」而我的心也已經安定下來，反正這件事就當是緣分吧，有緣再說。

經過幾個月後，因為非常忙碌，我已經淡忘這件事了。沒想到，有一天忽然接獲日本地主的電話通知，他已經取得所有土地擁有者的同意，可完成過戶流程，隨時都可以把所有同意書交給我。讓我不得不開始籌錢買地、整地，並且將長壽村的建置計畫改設在綠蔭鶯啼、鳥語花香，既美麗又隱蔽的日本兵庫縣佐用町上的三日月，真是出乎我的意料之外。

啟動長壽村建蓋計畫

為了這片美好計畫，我賣了所有的投資基金。沒想到日後爆發全球「雷曼兄弟」事件，我的基金賣得快，慶幸逃得一劫，否則血本無歸。我感覺到冥冥中似乎有神的旨意，讓你什麼時間到就該做什麼事，完全算好好的，真是「人算不如天算」。但是，錢還是不夠用，養生村計畫得在完好的土地架構上逐步打造；光是挖建一條水溝，就要台幣兩千萬元，而蓋座處理汙水、淨水的儲水池，要花費三千萬元，還要額外再花六千萬元設置消防設備與各種設施。等到這些準備工作做好，才能先蓋一座迎賓廳，作為將來體驗活動的主要場所，再另外蓋一棟示範別墅，作為學員短期體驗的住所，以後還會陸續加蓋想要長駐於此的會員別墅。

不僅如此，因為這片土地幅員廣大，我想要在此加蓋一間有機工廠生產產品，又得多籌出台幣兩億元來添購廠內所需的設備，如太空艙急速冷凍乾燥機器、一貫作業的自動包裝機器、實驗室等，預算嚴重超出我的預期。不過，我心想：「既然已經有了開端，磨難再多也要做下去」我當時信心滿滿。

在日本蓋房子，不是件容易的事，這是我的經驗談。在臺灣，只要找到靠得住的建商，再找到適合的室內裝潢設計師，根本不必多花一份心思來打理房子要如何拓建。在日本，卻有很多規矩，這點是臺灣與日本在文化上的差異，也讓我在這方面吃足了苦頭，真是受教了。

首先，選擇營造商就是個學問，製造工廠與住屋屬於不同的營建項目。在別墅與迎賓館方面，我找到日本最大的營建商「住友不動產」合作。而工廠的營建，依當地習俗：「肥水不落外人田」，必須以當地的擁有IS認證營建商為首選。而我怕當地營建商會獅子大開口，於是透過好友找到一位可靠的外地建築師，希望借重他的專長幫我談判，或是找到更合適的合作建商。

在我們約好「談判」的那一天，我與外地建築師分別從不同地方趕去赴約。沒想到在神戶高速公路上卻發生了車禍，並讓所有車子堵在高速公路上動彈不得。而那位建築師已經到場，一聽說我們堵在路上會延誤十五分鐘左右，他馬上打退堂鼓要離去，而且不論我好說歹說也喚不回他的決定。當下，我很沮喪，同事也勸我算了，下次再約，或是另外再找人。但我心想，都已經專程來一趟了，而且只差幾公里就要到了，怎麼可以空手而歸呢？我不服氣一定要想自己搏一搏。

到達目的地後，才知道當地的營建商是有黑道背景的，也許這才是讓另一位外地建築師嚇跑的主要原因。但我還是硬著頭皮，靠著翻譯員說明自己的目的、幾種合作模式和預算；同時表明：「首選當然是貴公司，但倘若貴公司堅持不降價，敝公司就非常抱歉，可能會找其他營建廠。請原諒我的想法，若有冒犯處，敬請諒解。」就這樣一口氣說完了我的計畫。

對方倒也沒有多麼可怕，就像是一般生意人，只是口氣較直接，一開口就要價日幣兩億五仟萬元。我照例發揮臺灣人殺價的精神，大砍他的報價。翻譯員竟不敢將我的殺價翻譯過去，我很納悶又有點生氣，只好憑自己會說的簡單日文與對方溝通。我一邊動之以情告訴他們：「因為我是外國人，根本無法在日本貸到款，資金必須在臺灣借貸再轉成日幣，而其中的匯兌得吸收等等。」將其中的種種困境全部告訴他們，最後日本營建商居然同意降價至日幣兩億元。

後來，我才知道，殺價在日本是極不禮貌的行為，難怪翻譯員不敢幫忙。而我一個弱女子，在陌生的國境上面對不同文化背景的外國人，竟敢獨自談判、殺價，實在有無比的勇氣與膽識。事後知道實情的人，都稱讚我有過人的勇氣，但我認為這是老天賜給我的智慧，讓我得以突破重圍，並繼續完成夢想，讓長壽村真正的在日本開花結果。

問題重重的建蓋過程

我的日本長壽村，就建置在風光明媚的兵庫縣佐用郡的三日月町，其有名的風景區是生態保護區平福河的河岸風光。我們的山區又有「忍者之故鄉」，位於「山谷中的山谷」之稱，是十分隱蔽的桃花源。在這裡，可以看到一些珍貴的植物，以及珍奇的動物，例如梅花鹿、紅蜻蜓與樹蛙，是一塊修身養性的好所在。

當我決定將工廠交由當地的營造公司建蓋後，也開始緊鑼密鼓地建造長壽村的迎賓館及第一間別墅。我之所以找上日本「住友不動產」公司，主要是看上其規模之大，必定不容許任何偷工減料的行為，尤其我身為外國人，很難在法律上找到優勢，所以一開始就得找有信譽的公司合作。

不曾在日本蓋過房子的我，還是以臺灣的經驗看待這件事，不但找了臺灣和大陸的工程師協助，也請先生前往監工，一切的過程猶如在臺灣蓋房子般。但不知怎麼了，總是有些環節無法輕鬆解決，導致進度緩慢。而且住友公司的窗口竟然告訴我，工程得延遲至冬天以後才能復工，讓我不得不跳腳：「那我的工作人員要如何度過寒冷的冬天？」

我親赴日本把問題搞清楚，並經過幾次溝通後才知道，原來日本人蓋房子是很嚴謹的，從素材、規格都要求得很嚴格，內部裝潢都是樣板化，只要選中哪一種品牌、哪種風格的房子陳設，就必須按照該品牌的模式去做，連一顆螺絲釘都不能換。而我們還是以臺灣裝潢的方式，要求他們要改磁磚、換窗簾、多加一扇窗等「自由」改裝的思維去做，難怪他們會無所適從，也不可能照我們的要求施工。

為了找到理想中的房屋樣板，我打聽到日本有專門讓人自由參觀的「樣品屋聚落」，於是專程跑去看。原來這是一處由開發公司承租土地，分割後再出售給建商蓋樣品屋，整個區域都是由知名建商建蓋的樣品屋所組成，讓想要購屋的民眾來此一趟，便可依需求和預算尋找到適合的屋子外觀與內裝，非常省時省力。而我來到這裡才發現，原來樣品屋也有名牌，例如TOYOTA HOME、PANA HOME、MIZUI等，有木造、鋼構造，有日式、西洋式，應有盡有，但坪數價位極高，唯有豪宅才能匹配。這一趟樣品屋之旅，實在讓我大開眼界。

這次在日本建廠建屋的經驗，讓我體會到日本人在工作上的認真態度，也發現到他們頑固與奉公守法的一面。但也正因為他們對品質與架構的堅持，例如插座要在一定的位置上；防火門得能自動開啟，連吊燈的重量都不能改變等等，才能確保所蓋的建物可維持一百年。

終於步入正軌，長壽村正式啟動了，一切美好的進程如我所願地實現，讓我開始對未來的前景感到無比的欣喜。在我的想法裡，長壽村建造在自然生態的環境下，周邊是深山野林，而我們深居於其中，每天與美麗的風景作伴。此外，還有香菇園、橘子園、櫻花、楓樹等等。無論是長住或是短暫體驗，除了能加入我們精心規劃的課程，更能來趟山林間的生態之旅、尋根之旅，讓大家把病痛忘掉、煩惱拋去，專注地活在當下並與自然為伍。

【水的無窮力量】

有一天禪師在教導弟子時把放滿水的杯子交給了弟子說：它是你的老師、要努力跟水學習！此時弟子就說：跟水學習什麼啊！禪師又說：跟水學習如何面對！於是禪師又將水倒進不同形狀的容器、水便改為現在容器的形狀！清澈的水永遠不抱怨空間的改變、水無論在任何空間！它都會緊密！融合在一起！如修心不夠、才有抱怨和藉口、唯有包容才是快樂、才能自在！所以修學佛法、並非是逃避現實、而是要融入社會！所以從這則心笛小語！都能學習水的無窮的力量！學習！面對！堅持！勇敢融入！柔軟！沒有抱怨！沒有藉口！

張永銘 繪　《來夜》　身障協會出品

第5章 讓人生跌一大跤的背叛

當日本長壽村開始規劃建設後，我必須兼顧公司的營運與長壽村的監督，工作變得忙碌無比。當我丈夫自告奮勇地前往日本擔任監工，並希望自此常駐長壽村及擔起營運的責任時，讓我深感欣慰，以為他可以為我分擔解憂，也是他開始一展長才且有所發揮的大好時機。我深深知道，自從我開始經營五色蔬菜湯事業後，他一直有在「老婆」之下的屈就感。但這是份自我救命的工作，當然得親自操刀而不能假手他人。為此，我也一直深懷抱歉。但他一直對工作不感興趣，也是事實。如今，長壽村是全新的開始，難得先生有意願，當然交由他來主導一切。

得知丈夫的偷情事實

就在他赴日監工一段時間後，我開始有些奇怪的感覺，例如我每次去日本視察時，就會發生一些「狀況」，讓我不得不提早回臺灣，而即使沒有任何狀況，我丈夫也會催促我儘早回臺，所以我總是在日本待不到三至五天，無法與營造公司、建設公司或會計的人見面，只能相信丈夫的一面之詞與他的辦事能力。

但在不經意中，我發現一張奇怪的收據，是他在日本機場吃飯的帳單，為什麼會點兩份餐點？印象裡，他明明是隻身赴日的。後來，我又發現電話帳單裡有一組奇怪的號碼，是我從來沒看過的。爾後，又發現申請這組電話號碼的人，竟是一個莫名的名字。而當我試著撥這組電話號碼時，才知原來是我丈夫的電話。

種種跡象，不禁啟人疑竇。雖然我們夫妻倆結婚不久，就發現他有外遇，也因此被氣出病來，但事件終究結束了。而我丈夫也曾在眾神明及林家的立牌面前發過誓，讓我相信他從此不會再生背叛之心。往後，即使有些對他不利的風聲傳至我耳裡，基於夫妻互信的原則，我還是選擇當成耳邊風而繼續信任他。

但是，終究紙包不住火。某一天，在臺灣，突然一通電話聲驚擾了我，爾後一位女子帶著一個八歲女孩突然現身公司。她就是與我丈夫外遇的女子，為什麼她會跑來找我呢？

這女子是我的前祕書，進公司不到一年就開始與我丈夫交往，但她也是有丈夫的人呀，為何會發生這樣的事情，還跟我丈夫生下一個現已八歲的女孩？這讓我非常的驚訝。現在，她會帶著孩子前來興師問罪，是因為我丈夫不肯再給她生活費，而她也要還以顏色，把她所知道有關我丈夫濫交女友的醜事全部抖出，想要雙方玉石俱焚。

儘管我之前已感受到丈夫偷情的蛛絲馬跡，但我選擇還是信任他。沒想到，現在卻站在這裡聽另一個女人談她和我丈夫如何藕斷絲連，如何在員工旅遊時瞞著我幽會，還有我丈夫挪用公款包養外面的女人，以及與公司內部的六個同仁有染等等。我完全不知情，還笨到與他們分享任何事，甚至一起吃飯聚會，她們心裡應該都是在嘲笑我這個可憐的、被蒙在鼓裡的大老婆吧。

我強忍著淚水與怒氣，全身發抖著聽她滔滔不絕的講述。這些女人竟然都是我身邊的得力助手或重要的前幫手，同時家裡幫忙家事的管家、業務部的幹部、日本的日文老師，甚至公司的會計、主管、助理，都淪陷於他魔掌之中，而且偷情時間都竟然長達六、七年以上。難怪我每次到日本時，臺灣的公司就會發生奇怪的狀況而需要我趕回去處理，原來這些主管和幹部全部聯手整我，況且她們都是有夫之人，讓我非常心寒。

不僅如此，丈夫現在寵幸的日本日文老師，居然也幫他生下一個現已四歲的男孩，也正是因為如此，他才會斷絕這位前祕書的生活費。但這些偷情醜事還不是最沉重的打擊，背後更牽扯出我丈夫是有計畫性掏空公司財產的大陰謀，而這些女人不過是他計畫裡的一部分。

在他的大計畫裡，我的日本長壽村開發案，恰好成為他下手的大肥羊。雖然在此之前，他已在蠶食公司的利潤，並利用會計和業務部幹部編出一本假帳，但這些只是小錢，只能足夠他在外面交女友時的花費之用。為了建設日本長壽村及工廠的計畫，我前後以公司名義貸款三億元，還變賣房子、解掉存款與基金而湊出六億元。而這些金額有些以匯款方式匯出，有些交由先生親自夾帶出境，他竟一一吞食，而且不僅欺瞞我，也欺瞞建設公司，將後面不到位的款項推說成是我這位臺灣老闆的問題，害我差一點也信用掃地。後來才知道，他自二〇〇七年開始，就陸續將要給建設公司的款項、周轉的費用全部攔下，供給日本女友到澳洲留學，吃、喝、玩、樂，短短一年間，竟偷轉走了高達一億元的鉅額，而我始終被埋在鼓裡，還天真地以為他開始負起責任，在幫我打理企業。

當這位前祕書帶著孩子前來興師問罪後，我丈夫雖自知理虧，卻反而惱羞成怒地與我大吵一架。接著，我在半夜聽到院子有一聲巨響，還有人衝下樓的腳步聲。我跑到院子一探究竟，看到令人驚訝的畫面，我丈夫竟然把行李從二樓丟下，想要趁機開車落跑。我在情急之下，立刻跳上車，拚死命抓住還沒關上的車門，哀求他工廠還未交接，請他辦完手續再走。但他完全不予理會，立刻加速駛離，而我被拖行了數公尺，雙腿被地上的碎石劃得皮綻肉開，而直到痛得受不了，才放手摔落在地。

婚姻、事業雙雙觸礁

很快的，我到日本處理事情時，接到他要與我離婚的律師信函。我帶著受傷的肉體與心靈回到臺灣，正準備與丈夫開戰，卻發現公司狀況連連，甚至到了危急的地步。與他偷情或甘願被利用員工，全在得知消息後離職，公司頓時損失了一些人力，尚無法馬上補足，而財務虧損的大洞比我想像中還要深，再加上二〇一一年發生日本福島地震事件，讓愛用者對於來自日本的產品產生疑慮，後來臺灣又發生塑化劑事件，讓大家都不敢再碰任何加工食品，失去信心，寧願買新鮮食材自行烹調。

雖然我們的有機蔬菜湯都是新鮮原料純天然直接急速冷凍、真空冷凍乾燥法製成，完全沒有放任何添加物，食材的來源也距離福島核能發電廠散播輻射的地方很遠，相距約七百五十公里。但是一旦民眾的信心大崩潰，任何的說明與解釋都無法再讓人信服，蔬菜湯的事業因此一落千丈，讓原本一年營收兩億元的公司開始步入日不敷出的窘境，還得支付日本長壽村的工程款。

在此時，還有傳言說我的公司快要倒閉了，讓許多重要幹部心生恐懼而紛紛出走，幾乎走了一大半，讓公司真的陷入經營困境。面對接二連三的衝擊，我心力交瘁，幾度很想就此放下所有的事而一走了之。

每次到日本視察時，我都不禁觸景傷情，這裡已經變成我最不想踏入的國度。而當我在為公司的刊物寫母親節專欄時，一面聽江蕙的〈落雨聲〉，一面想到我獨自一人在異地的孤寂，又想到身邊人居然全部背叛了我，讓我深感無助、無望與無依，對人性與人心也完全失望。同時，也不知自己做人竟如此失敗，因而悲從中來，只想放聲大哭，也很想一死了之，真的沒有活下去的勇氣。

我停下筆，走到窗前，看到烏鴉落在前院的樹梢上哀鳴，似乎傳達出我的不幸。這時，我突然想到了爸爸，這個老兵為家辛勤忙碌一生，只希望我們這些孩子能健康成長期許我們都有成就，又想到我四歲孫女的可愛稚嫩臉龐，她還在盼望著屬於她的夢，如果我就這樣的死去，不但無法伴著她成長，也看不到她的夢想。而我畢竟完成了夢想，如願地買房子給父母，也如願地步上健康，現在呢？一個突如其來的災難就能把我的願望夢想奪走？把我對下一代的夢想也奪走？

內心一股熱氣突然冒出，我已經在心裡想著下一步該怎麼走，如何是好呢？心裡好亂好慌。

張永銘 繪　《春曉》　身障協會出品

【一切都是最好的安排】

從前有一個國家，地不大，人不多，但是人民過著悠閒快樂的生活，因為他們有一位不喜歡做事的國王和一位不喜歡做官的宰相。國王沒有什麼不良嗜好，除了打獵以外，最喜歡與宰相微服私訪民隱。

「宰相」除了處理國務以外，就是陪著國王下鄉巡視，如果是他一個人的話，他最喜歡研究宇宙人生的真理，他最常掛在嘴邊的一句話就是「一切都是最好的安排」。

有一次，國王興高采烈又到大草原打獵，隨從們帶著數十條獵犬，聲勢浩蕩。國王的身體保養得非常好，筋骨結實，而且肌膚泛光，看起來就有一國之君的氣派。隨從看見國王騎在馬上，威風凜凜地追逐一頭花豹，都不禁讚歎國王勇武過人！花豹奮力逃命，國王緊追不捨，一直追到花豹的速度減慢時，國王才從容不迫彎弓搭箭，瞄準花豹，嗖的一聲，利箭像閃電似的，一眨眼就飛過草原，不偏不倚鑽入花豹的頸子，花豹慘嘶一聲，仆倒在地。國王很開心，他眼看花豹躺在地上許久都毫無動靜，一時失去戒心，居然在隨從尚未趕上時，就下馬檢視花豹。

誰想到，花豹就是在等待這一瞬間，使出最後的力氣突然跳起來向國王撲過來。

國王一愣，看見花豹張開血盆大口咬來，他下意識地閃了一下，心想：「完了！」

還好，隨從及時趕上，立刻發箭射入花豹的咽喉，國王覺得小指一涼，花豹就們不吭聲跌在地上，這次真的死了。

隨從忐忑不安走上來詢問國王是否無恙，國王看看手，小指頭被花豹咬掉小半截，血流不止，隨行的御醫立刻上前包紮。

雖然傷勢不算嚴重，但國王的興致破壞光了，本來國王還想找人來責罵一番，可是想想這次只怪自己冒失，還能怪誰？所以悶不吭聲，大夥兒就黯然回宮去了。

回宮以後，國王越想越不痛快，就找了宰相來飲酒解愁。宰相知道了這事後，一邊舉酒敬國王，一邊微笑說：「大王啊！少了一小塊肉總比少了一條命來得好吧！想開一點，一切都是最好的安排！」國王一聽，悶了半天的不快終於找到宣洩的機會。

他凝視宰相說：「嘿！你真是大膽！你真的認為一切都是最好的安排嗎？」宰相發覺國王十分憤怒，卻也毫不在意說：「大王，真的，如果我們能夠超越『我執』，確確實實，一切都是最好的安排！」國王說：「如果寡人把你關進監獄，這也是最好的安排？」

宰相微笑說：「如果是這樣，我也深信這是最好的安排。」國王說：「如果寡人吩咐侍衛把你拖出去砍了，這也是最好的安排？」宰相依然微笑，彷彿國王在說一件與他毫不相干的事。

「如果是這樣，我也深信這是最好的安排。」國王勃然大怒，大手用力一拍，兩名侍衛立刻近前，他們聽見國王說：「你們馬上把宰相抓出去斬了！」侍衛愣住，一時不知如何反應。

國王說：「還不快點，等什麼？」侍衛如夢初醒，上前架起宰相，就往門外走去。國王忽然有點後悔，他大叫一聲說：「慢著，先抓去關起來！」宰相回頭對他一笑，說：「這也是最好的安排！」國王大手一揮，兩名侍衛就架著宰相走出去了。

過了一個月，國王養好傷，打算像以前一樣找宰相一塊兒微服私巡，可是想到是自己親口把他關入監獄裏，一時也放不下身段釋放宰相，嘆了口氣，就自己獨自出遊了。

走著走著，來到一處偏遠的山林，忽然從山上衝下一隊臉上塗著紅黃油彩的蠻人，三兩下就把他五花大綁，帶回高山上。國王這時聯想到今天正是滿月，這一帶有一支原始部落明逢月圓之日就會下山尋找祭祀滿月女神的犧牲。他唉歎一聲，這下子真的是沒救了。心裏很想跟蠻人說：我乃這裏的國王，放了我，我就賞賜你們金山銀海！可是嘴巴被破布塞住，連話都說不出口。當他看見自己被帶到一口比人還高的大鍋爐，柴火正熊熊燃燒，更是臉色慘白。

大祭司現身，當眾脫光國王的衣服，露出他細皮嫩肉的龍體，大祭司嘖嘖稱奇，想不到現在還能找到這麼完美無暇的犧牲！原來，今天要祭祀的滿月女神，正是「完美」的象徵，所以，祭祀的牲品醜一點、黑一點、矮一點都沒有關係，就是不能殘缺。

就在這時，大祭司終於發現國王的左手小指頭少了小半截，他忍不住咬牙切齒咒罵了半天，忍痛下令說：「把這個廢物趕走，另外再找一個！」脫困的國王大喜若狂，飛奔回宮，立刻叫人釋放宰相，在御花園設宴，為自己保住一命、也為宰相重獲自由而慶祝。國王一邊向宰相敬酒說：「愛卿啊！你說的真是一點也不錯，果然，一切都是最好的安排！如果不是被花豹咬一口，今天連命都沒了。」

宰相回敬國王，微笑說：「賀喜大王對人生的體驗又更上一層樓了。」過了一會兒，國王忽然問宰相說：「寡人救回一命，固然是『一切都是最好的安排』，可是你無緣無故在監獄裏蹲了一個月，這又怎麼說呢？」

宰相慢條斯理喝下一口酒，才說：「大王！您將我關在監獄裏，確實也是最好的安排啊！」他饒富深意看了國王一眼，舉杯說：「您想想看，如果我不是在監獄裏，那麼陪伴您微服私巡的人，不是我，還會有誰呢？等到蠻人發現國王不適合拿來祭祀滿月女神時，那麼，誰會被丟進大鍋爐中烹煮呢？不是我，還會有誰呢？所以，我要為大王將我關進監獄而向您敬酒，您也救了我一命啊！」

國王忍不住哈哈大笑，朗聲說：「乾杯吧！果然沒錯，一切都是最好的安排！」在人的一生中所遭遇的困境，在當下或許是如此難以接受，但在過後突然某一時刻中會覺得一切都是最好的安排！

夏耘篇

走出情傷與經營困境

第6章 忍痛將貶值珠寶變現

在日本處理一走了之的丈夫所留下來的爛攤子時，我幾乎每天以淚洗面，無法成眠。望著窗外一群群在林梢裡呱噪的烏鴉，心情更加沉重，雖然是藍天白雲，心情卻還是低落的，一直對身邊的現任祕書喃喃述說我痛不欲生的心情。

走出想死的念頭，重新振作

那段日子，我幾乎是在客廳從早呆坐到晚上，精神恍惚，頭痛欲裂，一直無法相信我辛苦打拚經營十多年的事業，竟然在我絕對信賴的人手上化為烏有。「難道是我太善良了嗎？如此信賴人，卻得到這樣的結果。」我一直問自己為什麼會失敗的理由，好幾次在傷心欲絕的當下，一點活下去的勇氣都沒有。「我真的好想死……」我對著父親的遺照，哭紅了雙眼，真想一了百了。

因腦瘤開刀，醫師宣布我只是拖時間時，我很想死；簽字離婚時，我也好想死；公司晴天霹靂被掏空了，我還是想死。但是當日本的員工們聽到我要關閉日本廠時，哭著說：「妳是一位很好的老闆，我們需要妳；沒有妳，我們找不到工作；我們老了，只有社長給我們工作機會。一定有其他方法，或許公司暫時付不出薪水，我們都願意撐下去，請不要放棄我們。」我的祕書看我日日消沉，一語點醒了我：「董事長，妳還不能死呀！這麼多人要靠妳，還有這麼多錢要償還呢！」是呀，我的社會責任還未了呢！

仔細想想，五色蔬菜湯有那麼多的愛用者，我怎能辜負他們，棄他們而不顧呢？再則想到曾經允諾父親，要做個對國家社會有貢獻的人，又怎麼能自私地一走了之呢？況且爸爸經常耳提面命的對我的教誨是：「做一個對自己負責任的人。」

是啊，就算我想要自殺，也要先把債務償清乾淨才能走，怎麼能留下個臭名給人罵呢？

心念既定，我開始打起精神，積極清算公司所有的開支帳目，核算了一下，公司一個月的管銷得花費六百萬元，再加上銀行信貸利息、日本工廠及長壽村的工程款項，核算下來，負擔真的很重。但是為了要重振公司，首先我必須先將同仁的薪水規劃到位，絕對不能拖欠同仁的薪資半毛錢。若想要公司東山再起能繼續經營，需加強安撫員工對公司的信心及向心力，是非常重要的，有好的人才，公司自然能夠再經營起來，但是人才難留，現在的同仁也比較現實，這是我經營企業的無奈。

但是，這些固定薪資要從哪裡來呢？燃眉之急，一定要先向銀行借貸，但是公司被掏空了，又受到大環境景氣及塑化劑事件影響而營運不佳，再加上各方面要付的款項，整個公司的會計帳面看起來，是無法得到銀行借貸的青睞的。再說，我已經把公司抵押借貸來的錢，用在繳付日本的工程費上，而這些錢都被我離婚的先生挪用了，似乎很難再說服銀行團的二胎貸款。

借貸不成，只能變賣珠寶

為了一搏事業的生死關口，我回到臺灣來，厚著臉皮，天天往銀行跑，提出我的「再春」營運計畫，希望博取銀行團對我及經營企業體的信賴，但是，就算我跑斷了腿，說破了嘴，保證又再保證，許多家銀行的結論都是一樣，無法再借貸給我。

在走頭無路之下，我只好將身邊的貴重珠寶拿出來，先到原來購買的珠寶公司，希望他們能以部分折價的方式購買回去，但珠寶公司果斷拒絕了我的要求。回想起當初購買珠寶時服務人員的殷切服務，與現在要求他們依當初約定以折價買回時的冰冷態度相比，真是讓人心寒，看清了人情冷暖。

在不得已的情況下，我決定直接把珠寶拿到當鋪去賣。當然，當鋪開的價碼一定很低，卻也低得讓人驚訝，我大叫：「我花了大約兩千萬購買的鑽石、手錶及珠寶等等，竟然賣不到四百萬元。」我真的很沮喪，淚眼婆娑地踏著地板，深刻體會到那種「叫天天不應，呼地地不靈」的悲痛感。但此時此刻，為了讓企業重生，也只能打落牙齒和血吞，就賣了吧。同時，我也對自己發下重誓：「今後若有錢，也不會再購買任何鑽石、珠寶了。」這些寶物不但不能保值，反而在急用時大大貶值許多。這讓我認清這是一項失敗的投資，同時也看輕我個人身為女人愛珠寶的虛榮心態。

雖然我忍痛變賣了珠寶，但是資金缺口仍然很大，只好再想辦法向人借調籌錢，盡快度過第一個月的難關。

第7章 菩薩給的一堂人生課

自從我開始創業——有機事業，我家的佛堂裡就供奉著菩薩，每天按時燒香拜拜，為的是祈求一份平安，讓所有跟我一樣深受病魔所苦的人都能平安順利健康，減輕身體上的痛楚。神桌上不僅供有菩薩，還有父母親及林氏祖先牌位，很多年來，菩薩的教誨及感念，都我都有很深的感受，所以很多朋友及產品愛用者，都知道我家的菩薩是很靈驗的，祂能庇佑健康，還能有求必應。

曾一位憂心孩子健康的媽媽，因希望罹患骨癌的孩子期盼能夠重拾健康，遠離病魔的糾纏，而打電話向我幫忙，我除了建議她孩子飲用日本養生蔬菜湯、發芽玄米精華湯汁、高單位百分之九十褐藻醣膠安瓶之外，也請菩薩保佑這孩子趕快回復健康，並建議在我家的「神桌擺上孩子的生辰八字，日日誦經，得到菩薩的庇佑，讓孩子身體能逐漸恢復健康。」我感受到身為母親期盼孩子健康的苦心，二話不說，馬上答應。「期盼我家供奉的菩薩可以幫助到你的孩子，就將他的生辰八字給我，請菩薩保佑他吧，能盡點心力。」之後，這孩子果真回復健康，還快樂的上學去了。

至於我為何祀拜林氏祖先？這在一般人來說，是很少有的現象，尤其是嫁為人婦的女兒。

我是因為感念爸爸一個老芋仔孤零零來臺灣，他是很傳統又很善良的人，只有生養我一個女兒。我的兩個哥哥和一個姊姊，都是媽媽和前面一個先生生的。爸爸對兄姊們比對我這個親生女兒還要疼愛，我曾經不解的問爸爸：「我是你親生的，你為什麼都不疼愛我？」爸爸說：「這是人家的孩子，我應該更用心的教導和疼愛他們才行。」記憶中，爸爸曾經感嘆我不是男孩子，也經常為媽媽沒有替林家生個兒子來繼承香火而痛苦不安，我明白他的心情，所以在他生前，我就常常安慰他：「爸爸，你放心，我一定會祀拜我們林氏祖先的。」為了實踐對爸爸的承諾，我在我家佛堂上供奉林氏歷代祖先牌位。也許爸爸有感受到我在嫁為人妻後還祭拜父親家祖先牌位的用心，因而，在我遭遇到困境時，父母親似乎都有聽到我的訴苦聲，冥冥中在天上一直保佑著我。

虔誠感念菩薩與林氏祖先

還記得二〇一二年過年前，國中畢業已將近四十年的同學要開同學會。原本我想要去參加的，但是一想到要過年了，公司裡有一大堆事要處理，廠商的錢、員工薪水及年終獎金都還沒有著落，就無心情參加這難得的聚會。而那一天給我很深的打擊，我想這一生都不會忘記的。

公司已經成立十四年了，只要我堅持下去，我深信公司絕對不會倒的，而且一定會度過此難關的。只是我萬萬沒有想到，「人心是無法掌握的」，很多跟隨我多年的員工認為，公司已被我前夫掏空了，再加上福島核災輻射外洩，都抱持著不樂觀的態度，紛紛決定在年關前後離職他就。但是我深具信心，我相信日本人對於有機園地的審查是很嚴格的，尤其對有機食品的要求，特別JAS是最高規格的有機認證，從土壤休耕到種植等生產過程都有非常嚴謹的管控及管理制度。但是在這個關口上，臺灣發生了塑化劑問題風暴，雖然與我公司沒關係，但造成一般人對健康食品產生疑慮而國人失去信心，這沉重的打擊讓我幾乎挺不過這難關，幾度都想一死百了。

那一天，我在辦公室看見過去的職員們，一個個為了生計而默默地選擇離職，紛紛在辦公室內打包，凌亂的辦公室讓人感覺到今年冬天的冷冽。想起以前迎接新年時，每位同仁領了大包年終獎金，眉眼笑開互道新年的熱鬧場景，對應今年辦公室裡死氣沉沉的氣氛，人情冷暖的現實景象，讓我的內心十分痛苦和鬱悶。

我強忍淚珠，懷著忿忿然無處可訴的心情，回到空蕩蕩的家裡，對著神桌上供奉的地藏王菩薩說：「菩薩，您不是指示我要從事這項有益世人健康的事業還能永續嗎？為什麼要給我這麼多的磨難功課呢？我沒有勇氣走下去了。菩薩，您是在跟我開玩笑嗎？我已竭盡所能經營公司，但還是將要畫上句號。」我對著菩薩喃喃自語，述說我內心的苦楚，還告訴祂，我都已經盡最大的努力去做了，為什麼還會失敗呢？心想，如果菩薩要讓我從事這個行業，就請顯靈拉我一把吧！

如果不是，菩薩要收回去，不讓我繼續做這個養生事業，我也會乖乖認命。畢竟過去我是非常盡心盡力去做的，請菩薩不要怪罪我做得不好，請原諒我吧。

我對著父親的牌位，祈求他能在冥冥中保佑我，並對著牌位說：「爸爸，林家的祖蔭是不是就到此為止呢？我真的很累了，如果公司做不下去，我真的不想活了，我好想要自殺。因為我的疏忽，太過於信任前夫，造成公司周轉不靈而倒閉。人在公司在，人亡公司也亡，請爸爸及林氏祖先原諒我吧，如果公司倒閉，我也會處理得很乾淨，不會欠人家一毛錢的。」

我仔細算了算，現金大約積欠銀行一億多元，把我的房地產處理賣掉，正好可以相抵，不欠債。今後也將不再從事這份健康養生的志業。至於感情和婚姻雖然交白卷，卻也看清了男人。現在，兒子也長大了，已生下姓林的孫女，我對林家香火已有交代了。在這種心境下，活著對我而言已沒有任何意義了，只有一點對不起爸爸，就是沒有辦法為爸爸精忠報國了。

當我對著爸爸的牌位報告完畢後，我心已定，就打個電話給姊姊。平常姊姊為了我好，經常會嘮叨我是個軟心腸、太信任人，才會走到讓公司倒閉的地步，還不停地勸我要修正太好心腸又很容易信賴別人的毛病，平常我打電話，就會重複唸我一頓，可是那天她竟然一句話也沒說。因為之前決定要從事這份健康事業時，家人反對，我也承諾即使失敗了也不會回家要錢，除非不得已，絕不會向姊姊開口。今天開口向姊姊借錢週轉，姊姊只說了一句話：「我會匯五百萬元給妳周轉，妳千萬不要想不開。」這真是奇蹟出現，姊姊竟然沒有再叨唸我，真的好像是爸爸顯靈，他不忍心見我無助，冥冥中幫我度過此難關。這時候，我的眼淚不聽使喚地流了滿臉，內心非常感謝姊姊的幫忙。

原本我一直認為銀行能紓困給我的機率不大，但就在此時華南銀行林經理的兩千萬元貸款也撥下來，讓我度過了那一年差點過不了的大難關。我真的很感激菩薩給我上的這一堂課，在艱辛中看到了苦難的盡頭，點燃了我活下去的希望，令我感到：「菩薩要幫你一把，你也要有走過的勇氣，才能站起來和已準備好的心理。」我更感謝華南銀行林經理帶領的團隊之善心支持，如果沒有您們的支持與愛護，就沒有常景有機的存在了。

【善意不必說出來】

在寒冷的冬天裡，我的母親招呼完最後一批前來吃火鍋的顧客，準備打烊收攤了。忽然闖進兩個渾身沾滿泥土的「二個人」一高一矮，顯然是一對父子。這種冷天，男人的衣著單薄，臉色鐵青，因為寒冷雙手不斷地搓著，小孩子約莫七八歲。

男人作了一個深呼吸，小聲問我母親：「最便宜的火鍋是多少錢？」

母親笑了笑說：「十五元起。」

「十五塊」男人有點尷尬，看得出來他的經濟能力不寬裕，他俯身問兒子，「十五塊，吃不吃？」孩子想都沒想，趕緊點了點頭。

這時母親向男人說：「這樣好了，我們忙著收攤也還沒吃晚飯，如果不嫌棄的話，不如大家湊合著一起吃，就收你們五塊錢好了。」

男人的臉上驀地現出喜色，孩子也高興得跳了起來。

他們吃得狼吞虎嚥，母親才剛將配菜端上桌，男人迫不及待的將配菜中的還是未煮熟的肉丸子夾了幾個給孩子吃，孩子大口將肉丸子塞進嘴裡。

我看得嚇一跳，正要告訴他們，「肉未熟，不能吃。」母親用手在桌子下狠狠地捏了我一下，用眼神示意我不要說話。

我為眼前這個男人的「土」感到好笑，又對母親的這種做法而感到疑惑。不但如此，母親也順勢，夾起一顆還沒下鍋的肉丸，放進了口中，津津有味地咀嚼了起來。

事後我質問母親，為什麼不直接告訴他們呢？母親說：「難道你們沒看出來，其實，這對父子明顯是從鄉下來的，也許，他們根本就沒吃過火鍋。如果我任由你驚叫出口，任由你說出真相，那豈不是刺傷了他的自尊心。」

母親是如此體貼，她不用免費的方式，只收了五塊錢，不但顧慮到對方的自尊，還讓父子倆吃得開心，沒有那種白吃靠人施捨的感覺。母親不僅用善良的心溫暖了那對父子的身體，更溫暖了他們的心，真正認清善意是不必多說的。

第8章 我真的看錯人了？

他個子高高壯壯的，皮膚細緻。由於做業務的關係，經常都是西裝畢挺，一副溫厚斯文的模樣，讓人覺得他值得信賴，尤其是他的口條一流，經常流露出關懷人的熱情力。

認識他多年，跟他談戀愛多年，我們營造小倆口的恩愛氛圍，常常叫我活在這種浪漫情懷中，而忘記了現實面。他時常噓寒問暖，甜言到有如裹上一層厚厚的糖霜般。初期在交往時，他常說：「親愛的，別太累了，下午翹班，帶妳去看山看海，給妳一個好心情。」又說：「老婆，妳想吃什麼，只要妳開口，我都幫妳買來。就是去摘天上的星星，我也願意為妳去摘。」只要聽到他發自肺腑的體貼聲音，就不得不承認他的體貼溫暖。就是這份慰藉之愛深深吸引著我，也同時綑綁住我的心，甚至將雙眼都迷惑住了。

父親臥病在床時，因為我剛進行腫瘤手術，身體虛弱，無法照料父親。雖然他曾做過很多對不起我的事，但在這段日子裡，他對父親把屎把尿全心照顧，我都看在眼裡，讓我很感謝他，深深為他的付出而感動，認為自己嫁對人，找到生命中的真命天子了。雖然父母親一直對他有成見，不看好他，頻頻反對我嫁給他，但是我總認為：「我不會看錯人的。」還認為爸爸對他有偏見，而不顧雙親的祝福與否，跟他跑去公證結婚，連婚紗都可以放棄不穿，大餅也不用吃。然而，在經歷過這麼多起起伏伏的事件後，忽然發現不被祝福的婚姻、沒有穿戴婚紗的新娘子，是不是下場都很不幸呢？至少，對我而言是如此的。

不斷為前夫的債務善後

我是很傳統的女子，雖然從商，見過商場上的大風大浪，但是內心仍然還是小兒女心情，渴望愛情，渴望嫁個自己喜歡而他又能愛我的男人，全心包容他、愛他、為他犧牲一切，事事以他為主。

前夫一直很了解我是個心腸很軟又很善良的人，知道我永遠會幫他收尾。在結婚前，他投資股票輸了一大筆錢，我因為愛他，但當時身上也沒有什麼錢，就請經紀公司安排我到國外演唱。還記得演唱完畢後，邀請單位到機場送機，並將酬勞支付給我；而我為了救他的急難，一拿到酬勞，當場就原封不動地交給他。他收到這筆錢時，感動到落淚，心裡明白我是真正愛他的女人，也知道我心軟，所以第二次到後來的許多次，每當事情發生時，他就會說盡好話央求我，我也心軟地念在夫妻間應相互扶持，每次都為他處理善後，幫他還債。

前夫在一夜之間輸掉好幾千萬的股票，這種買空賣空的經營模式造成他經營的公司支撐不下而倒閉。我在他的請求下，答應做他公司的擔保人，卻在短短六個月內，他公司無預警倒閉，所有債務由我一肩擔下。我為了免於應付天天上門的討債公司的追債嘴臉，二話不說就將自己名下的兩棟房子賣掉，還掉五千萬元的債款，所以我成為他的最大債務人，他還開本票給我。

當時我下決心賣房來解決前夫的債務危機，是瞞著爸爸的，沒有讓他老人家知道。如果爸爸知道我的決定，一定會強力反對，但是為了前夫，我願盡一份做妻子的責任，幫他度過難關。有人曾經說：「夫妻本是同林鳥，大難來時各自飛。」但我是無法這樣做的人。

在我為前夫解決了公司倒閉的危機後，他理當要感謝我的拔刀相助，如果企圖要東山再起，應該記取過去失敗的教訓，更加小心謹慎才對。他也承諾並發誓，如有機會東山再起，一定會好好珍惜。但最後他依然故我，不但想翻本去投資股票，還變本加厲，希望一本萬利，又跑到澳門玩百家樂，結果又輸了一大堆錢。另外還與朋友一起投資建設公司，房子都還沒蓋，建設公司負責人就落跑，只好我幫他賠錢了事。

他這種不能腳踏實地、好高騖遠的個性，以及賭徒般不顧一切後果的做事方式，讓我在這些事件中吃盡了苦頭，承受各種心驚肉跳的恐懼，也教我看清了他的本質，以及其出身背景造成他不為人知的另一面。真的，他不但不心存感激，反而一副妳本來就應該為我付出的態度，令我感到深切的痛苦，那種從天堂掉到地獄的傷痛，非筆墨能形容。

婚後緋聞滿天飛

在愛情上，自從我們結婚後，他就完全變了個人，不但緋聞滿處，外遇事件更是層出不窮。我還記得，一九八八年時，他一直否認和一位王小姐有關係，等到紙包不住火時，他才跑來找我，吞吞吐吐地要我為他解決這個桃色事件，並要求我每月支付兩萬元的贍養費給這位小姐，維持十五年之久。我為了家庭和諧，且因女方也願意拿錢切斷這段孽緣，只好既往不究吞忍下去。我常常告訴自己，只要錢能解決的事，就不要吝嗇。

也因為這件事，讓我的內心相當痛苦與不平，也處於高壓力下，再加上突如其來的病痛，腦腫瘤手術開刀治療無效，性命剩下六個月，讓我一度想輕生。幸好父親臨終的叮嚀，以及日本友人推薦我飲用日本養生蔬菜湯及發芽玄米精華湯汁組合，讓我的病情好轉很多。

過去，我總認為夫妻本該相互扶持，雖然我能力較強，但是受到家庭傳統觀念影響，我都是以夫為重，在家裡親手下廚做羹湯，處處為他著想，為他做牛做馬；還替他償還近一億元的債務，解決他的錢財困境。他不但不感激我，竟然還背叛了我，在這種無法平衡的心境下，當我去日本談生意時，竟然無預警的發作，為了不要死在異地做個孤魂野鬼，我拚了命都要回臺灣來醫治。在我生病時，王小姐還悻悻然地打電話來諷刺我說：「為什麼不乾脆死掉算了？還要開刀救治，搏取同情幹什麼？」

過去我一直念在夫妻情份一場，總以為他的不軌事情造成我們夫妻間的誤會，是我的多疑而心生歉疚感，因此在鬼門關走一遭後，我逐漸放開公司的經營權及一些財務上的管理，充分授權讓他管理並經手大筆金額款項。誰知他不但不明白我對他的善意苦心，反而又背叛我。

雖然在這種身心靈交互的痛苦下，我活過來了。他見我沒有死去，馬上又甜言蜜語的告訴我：「我還是愛妳的，我早就跟外面的女人分手了。過去對妳冷言冷語，是要刺激妳的求生意志，不要消極想死。妳看，這種激將法多有效，妳又活下來了，妳應該感謝我啊！」我又在他塗滿一口蜜糖的好話中，原諒了他。

事實上，他與外面的女人仍然藕斷絲連，兩人還有往來。趁我忙著到處談各種合作方案時，背著我在外面交女朋友。

公司被掏空周轉不靈時，一生心血付諸東流，怎能不心痛和不甘心呢？他見我憂愁滿面，竟然還大言不慚的諷刺我說：「既然妳認識那麼多大老闆，對妳又很好，妳是有身價的，可以考慮賣身與他們交往，讓他們來投資妳。為了公司，為了我們的未來，妳可以考慮，不用擔心我，我可以體諒妳。我是一點也不介意的。」我一聽，淚流滿面，悲憤不已，馬上回嗆說：「你是不是人呀！我已是歐巴桑了，你的女朋友們各個年輕妖嬌，你怎不去打她們的主意呢？」

他究竟是一個什麼樣的人啊？同床共枕二十年，我真的不了解他。我只能說，我的運氣還真差，抽到籤王，喜歡上這樣的人。

【生命中的三個人】

有人說，人生就是為了找尋愛的過程，每個人的人生都要找到三個人。

第一個是你最愛的人，第二個是最愛你的人，第三個是共度一生的人。首先會遇到你最愛的人，然后體會到愛的感覺；因為了解被愛的感覺，所以才能發現最愛你的人；當你經歷過愛人與被愛，學會了愛，才會知道什麼是你需要的，也才會找到最適合你，能夠相處一輩子的人。

但很悲哀的，在現實生活中，這三個人通常不是同一個人；你最愛的，往往沒有選擇你；最愛你的，往往不是你最愛的；而最長久的，偏偏不是你最愛也不是最愛你的，只是在最適合的時間出現的那個人。

你，會是我生命中的第幾個人呢？

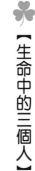

沒有人是故意要變心的，他愛你的時候是真的愛你，可是他不愛你的時候也是真的不愛你了，他愛你的時候沒有辦法假裝不愛你；同樣的，他不愛你的時候也沒有辦法假裝愛你。

當一個人不愛你要離開你，你要問自己還愛不愛他，如果你也不愛他了，千萬別為了可憐的自尊而不肯離開；如果你還愛他，你應該會希望他過得幸福快樂，希望他跟真正愛的人在一起，絕不會阻止，你要是阻止他得到真正的幸福，就表示你已經不愛他了，而如果你不愛他，你又有什麼資格指責他變心呢？

愛不是占有，你喜歡月亮，不可能把月亮拿下來放在臉盆里，但月亮的光芒仍可照進你的房間。換句話說，你愛一個人，也可以用另一種方式擁有，讓愛人成為生命里的永恆回憶。

老公：「親愛的，如果你愛我的話，為什麼不能為了我從后面擠牙膏呢？」

老婆：「老公，如果你愛我的話，為什麼不能讓我隨便擠牙膏呢？」

如果你真愛一個人，就要愛他原來的樣子——愛他的好，也愛他的壞；愛他的優點，也愛他的缺點，絕不能因為愛他，就希望他變成自己所希望的樣子，萬一變不成就不愛他了。

真正愛一個人是無法說出原因的，你只知道無論何時何地、心情好壞，你都希望這個人陪著你；真正的感情是兩人能在最艱苦中相守，也就是沒有絲毫要求。畢竟，感情必須付出，而不是只想獲得；分開是一種必然的考驗，如果你們感情不夠穩固，只好認輸，真愛是不會變成怨恨的。

兩人在談情說愛的時候，最喜歡叫對方發誓，許下承諾，我們為什麼要對方發誓就是因為我們不相信對方，我們根本不相信情人，而這些山盟海誓又很不切實際：海枯石爛、地老天荒，都不能改變我對你的愛——明知道海不會枯、石不會爛、地不會老、天不會荒；就算會，也活不到那時候。

許下諾言的時候千萬注意，不要許下可以實現的諾言，最好是承諾做不到的事，反正做不到的，隨便說說也不要緊，請記住：不可能實現的諾言最動人。在愛情裡，說的是一套，做的是另一套；講的人不相信，聽的人也不相信。你呢？找到了第幾個？茫茫人海中，你遇見了誰？誰又遇見了你？希望您趕緊找到真愛，祝福大家都要幸福喔！

第9章 感激無私相挺的貴人

雖然在我的情感世界裡，男人害慘了我；但是在我遇到幾次經營的困境時，也是男人出手幫助了我。往往在我一遇到困境時，就有「貴人」在冥冥之中立刻跳出來，為我紓困。

雪中炭的林經理與楊先生

華南銀行林經理是我生命中的貴人之一，他是眾多銀行中唯一認真查看公司報表的人，而且也看了許多媒體報導。他告訴我：「妳的公司體質其實很好，而且是明日之星，我很佩服妳一直為社會做了許多公益活動。」他認為，我們目前只是時運不佳，是人為而不是故意虧空，依照公司體制以及我經營的模式，絕對是間有誠信的公司。

他還說：「況且妳是一位真誠、認真、純真的人。遇到困難，都能樂觀正面的態度去面對它、解決它，永遠都是開開心心、笑臉迎人，這樣的人一定會成功的。」他想，如果不在關口上助我一臂之力，會覺得於心不忍；能幫助像我這樣的人，是他的榮幸。雖然他認為他的能力有限，但是他相信我是值得幫助的人，而銀行也有責任協助像我們這樣的中小企業。他的這一番話，讓我深受鼓舞，我發誓，有一天，當自己有能力站起來時，也要幫助與我有相同遭遇的人。

在他的詳細評估下，總算說服總行借貸兩千萬元給我，這筆錢讓我如獲甘霖，是公司重生紓困的第一桶金，也重新燃起了我的鬥志，我真的很感激他。

另一位楊先生至今仍讓我印象深刻。記得那一天，我一邊為明天要不要參加遠親嬸嬸的告別式煩惱，一邊又為明天還有幾張支票要兌現，籌不出錢而煩惱。回想到小時候跟嬸嬸住在一起，她很照顧我，我理當要去

上香祭拜，但是內心很慌張的，因為口袋裡的錢不多，想多包一點奠儀給嬸嬸的家人，卻又無能力，沉重的心情全寫在臉上。

這時一位只見過幾次面，並不是很熟的楊先生來到我的皮件門市，關心地詢問我：「妳身體不舒服嗎？臉色怎麼這麼難看？是不是生病了？」

我說：「沒有。」

他問我：「妳有困難嗎？」

我沒有回話。

他又問我：「妳現在最需要的是什麼？」

我說：「我最需要的就是錢。」

他說：「真的嗎？只要錢就可以解決的話，我馬上就能幫助妳。」

我嚇了一大跳問：「真的嗎？別開玩笑了。」我不相信他說的話。

但他還繼續問：「缺多少？」

我說：「缺兩百萬的支票錢。」

他二話不說地乾脆表示：「好，我幫妳。」

說真的，我跟楊先生沒有很熟，只是見過幾次面。他卻當場就問我的帳號，並且在隔天就把錢匯給我，解決了我的燃眉之急。在當時，我真的有如中了第一特獎。

時至今日，我都很感激這位雪中送炭的楊先生。因為他的一臂之力，讓我能從做皮包、皮件的貿易生意，發展到做化妝品生意，而且做得有聲有色。

記得有一天，他忽然打電話給我，我趕緊跟他說：「我現在要還錢給你。」他回答：「我不是打來要妳還錢的。」我跟他素昧平生，只見過幾次面，他竟然相信我、願意幫我，我忍不住問他為什麼。他回答：「妳是一位有企圖心、誠懇，又有智慧的人，我相信妳一定會成功的。」還說，他對我並沒有任何非分之想，只是純粹想幫助我。這位楊先生的為人真的讓我很感動。沒想到世界上真有這樣的好人，他是我生命中的一位貴人。

兩位日本友人的幫助

另一位日本先生也是我的貴人，他是一位會計師，看到我的門市需要添購一些生財器具，知道我資金周轉困難，二話不說，就用他的信用卡刷了一、兩百萬元，幫我買了一臺瘦身機器，讓我的美容生意蒸蒸日上，做得更好。此外，他也針對我的經營方向提出看法，認為我應該要增加更獨特的美容儀器，生意才會更好。但是我告訴他說，我沒有錢，他說沒關係我幫你，他鼓勵我：「妳是一位有成功經驗的人，只要有機會，妳一定會再站起來，而且成功機會很大。我相信妳一定能成功的。」

他還說：「妳千萬不要失志。妳的氣度夠，做事又用心認真，所以百分之百會再度成功。」同時又提醒我：「但是妳太善良，又容易心軟，可能會成為妳失敗的原因。下次再成功時，千萬要記得，心不能太軟，因為心軟就容易吃虧受騙。」我記得他鼓勵我的話，卻忘記他的提醒，今天才會又摔了一大跤。

此外，日本的澤野先生也是我要感激的大貴人。當年我在日本做生意時，私下存了一筆積蓄，就是受到他的影響。當時他有先見之明，認為我心地太好，總有一天會被人騙走大筆錢財。再加上我看過一部電影，一位很有錢的女子私下藏了一顆極具價值的鑽石戒指，連她最親密的先生都不知道這件事。她認為做生意總有不測之時，萬一落魄時，這個鑽石戒指能讓她有東山再起的生機。

因此，我就將這筆錢存放在澤野先生毛衣公司的戶頭中，言明一定是走投無路，想要再創業時，才能動用的基金。當我面對公司周轉不靈而煩惱不堪時，澤野先生對我說：「妳可以動用這筆基金啦！我希望看見妳永遠亮麗大方，真不捨現在的模樣。」還問我：「如果資金不足，我可以借妳週轉，你將存摺帳號告訴我。」我還以開玩笑的口吻回他說：「短時間內，我沒有多餘的錢可以還你。」他回答：「妳是一位很誠懇的人，我相信妳。」事實上，他對我是惜才愛才的，他還笑說：「這些原本就是妳的錢，只是暫時放在我這裡，況且我還要感謝妳全然信任我呢！」

由於有這筆基金，加上幾位貴人的幫助，我才會有做化妝品生意的第一桶生金雞蛋的本錢。

感謝不求回報的貴人們

一路上，我的事業能夠成功，都是靠這些貴人點點滴滴無私的幫助，才能在每次受挫時重新站起來。事後，當我想找這些貴人表達知遇之恩，並希望償還借貸款時，他們都說：「妳不用還錢給我，我只想要看妳成功就好了。」世界上竟然會有這樣不求回報的人，當時我感動得眼淚撲簌簌地一直流，非常感謝他們這樣看重我。

這些幫助我的男性貴人，事實上與我一點關係都沒有，連見面次數都很少，頂多見過二、三次面而已，但他們卻願意在我困頓時伸出援手幫助我，在我生命低盪時，有如天邊的彩虹，給我希望與光明，無條件的相助我，怕我潰不成軍倒下去，一心幫我東山再起。把這些事說給其他人聽，聽者大多很難相信，並認為對方一定是貪我的外貌，或是有什麼企圖心，否則為什麼會平白無故要幫助我，送錢給我周轉，而且又不要我償還？其實連我自己也覺得不可思議，我對這些對我一無所求的貴人們，真的滿懷感恩。相較之下，與我關係最深的男人，卻是讓我失敗的人，這是一種前世的業報嗎？在兩相比較下，真是讓人唏噓，痛哭不已呢！

大多數男人都是小氣的。我曾經聽一位男人提起，他跟女朋友拆夥時，他連一張共睡的床都要抬走。還有一位女性朋友是家庭主婦，沒有工作收入，完全仰賴丈夫，她丈夫是按天數給生活費，有一次，我朋友因孩子吵著要吃茭白筍，跟丈夫多要兩百元，他竟氣鼓鼓的說你不知道筊白筍很貴嗎？就將錢丟在地上，還大叫要太太彎腰去撿，當時我看見這情況時，心真的好痛，直覺認為：「女人一定要能經濟獨立，如果處處仰仗男人，連區區兩百元，都要哀求男人施捨，連尊嚴都會掃地的。」

不過我何其幸運，能夠遇見許多無私幫助我的男性貴人，真是感謝上天。

林心笛女士與華南銀行新生分行林經理

第10章 感謝曾經擁有，離開是一種福報

我一生很少算命，我是獅子座B型的人，天生樂觀，相信人定勝天，只要盡心努力，神明就會助我一臂之力。然而，在一個偶然的機緣下，我遇見一位懂命理的朋友，他告訴我：「二〇一〇年，妳的婚姻上將會遇到一個大關口。如果能平安度過，妳和丈夫的情緣還能再續，若是過不了此關，你們終會走向離婚一途，而且還會恩斷義絕。」

通常對於這種預言，我都是姑妄聽之，然而經歷過這麼多事，讓我漸漸開始相信命運天註定。

夫妻間的矛盾心結

我前夫是個愛計較又會瞎猜疑的人。有一次，公司的同仁們正忙著處理事情，無暇跟走進辦公室的他打招呼，他居然生氣地指責我，認為一定是我在背後說他的不是，才會導致同仁們不尊

重他，不正眼看他；或是我指示同仁們，不准跟他打招呼。

其實，我在公司或私下的生活中，都是非常尊重他的。只是在經營的理念上，因為與生俱來的頭腦和直覺，往往我都能精準掌握，不管是在房地產業、股票期貨上，或是化妝品、流行皮飾、健康有機產品上的開發，還有通路的行銷模式等等，我都有很多獨到之見。然而，我丈夫總是不以為然，處處想壓抑我，認為我只是個女人，能有什麼見解與能力。但是經過多年的印證，我發現只要我能堅持既定的經營方式和有遠見的規劃，往往能為公司帶來很多的收益及具前瞻性的願景。

很多時候，我拗不過他的堅持，就以尊重他的心態，放手相信他的想法。但是，只要依照他的想法去投資，幾乎都是慘敗，賠了相當多金錢。他是個不服輸的人，總認為自己的失敗是機緣還沒到或是運氣不好，也不知道他為何有那份自信，為何無法認清他本質上缺少這份經營管理上的天分。

我們之間的矛盾心結就是這樣產生的。我依敏銳的直覺而看出公司發展的前景，知道要如何下手經營，但是往往被他一一否決掉，為反對而反對，造成公司損失金錢，甚至面臨困境，到頭來所有的爛攤子都是由我來收拾。

例如，他不喜歡我投資房地產，當我準備買下高雄愛河邊的飯店，期待一轉手就能賺一億元時，他以守成心態百般阻饒，最後無法成交。事後，該處的房價節節高升，讓我非常後悔。後來，我幾乎都是私下購置房產，操作起來反而得心應手。

公司經營理念上的歧異

再以蔬菜湯為例。蔬菜湯原本是有顆粒狀的，因為我是每天都喝的愛用者，希望能因應現代人的生活方式，做出攜帶方便、沖泡容易的產品，因此將顆粒狀再推出濃縮粉末狀，不僅好沖泡，分子更細小，也更好吸收，能夠提高食療效果。

這種能讓人喝出健康的蔬菜湯，其最終目的就是能長期保養，是現今忙碌人群，補充之每日必需營養元素進而儲存在身體中，使體內細胞更加強壯。有很多型態，如有些人是在生病時，想藉由蔬菜湯與發芽玄米精華湯汁組合喝出健康，但很可惜，痊癒後就不再想喝了。也有病入膏肓時，已經嚴重到想飲用也無法使用，因為醫師限制飲水量，沒辦法喝下去。也有些人對身體罹病的原因沒有深刻瞭解，沒有相關的健康概念與知識，認為病好了就不會再復發了。事實上，體內細胞都有固定的更新週期，這體內罹癌的機率還是存在的，體內的游離自由基還是存在的，定要每日調理身體才能達到最佳狀態。

所以，我經常利用演講時告訴朋友們，在現今的大環境中，您是選擇「離癌」還是「罹癌」，就「必須要時時在身體中儲存更多的健康細胞，進而把體內的毒素、不良物質快速排出。

至於滋養健康細胞的好方法，則是建議平常應要注意保養，維持正常免疫能力，否則一旦免疫力失調、不和諧，癌細胞又會復發，預防勝於治療。沒有病的人都會生病了，更何況是罹患癌症。」

這些不同類型的顧客之需求，是我每天都要面對的，時時都要想如何幫助他們獲得健康，所以我當然要想盡各種方式來做突破及改良，讓蔬菜湯組合產品能達到更好的食療效果，發揮更大的功效。過去，顆粒狀的蔬菜湯必須每天燜、泡、煮，不僅在時間上不經濟，對於有疾病在身的人，體力耗損也比較大，會讓他們感覺到更加疲累。目前用燜杯方式來代替泡煮，已經非常方便了，但是我經常和客戶互動，了解到他們的心聲：「不僅要方便性，效果也要能更好。如果效果不佳，他們也不會再繼續選用的。」

「讓世人健康是我的責任，也是我的使命，更是我最大的願望。」因而，我每天無時無刻都在費心尋找各種搭配的產品，或是開發更好的產品，如蔬菜湯的食療效果如何能再提升一些？我試著將兩百公斤以上至三百公斤的新鮮蔬菜食材濃縮為一公斤，希望愛用者只要喝一點點，就如同吃到六公斤的蔬菜量一般。成功研發將蔬菜湯及發芽玄米湯，做成更濃縮的精華粉末的技術，在業界也是一大突破，備受讚揚的。此外，為了提供多樣化產品，我將蔬菜發芽玄米等有機素材磨製成粉末，做成有機餅乾零食，只要吃一小塊零食，就等於吃下好幾公斤的蔬菜和發芽玄米了，堅持不用麵粉做的餅乾，而是採用原素材製成的成品。

將更好的產品提供給愛用者，是我們公司要投資研發的。這些研發都必須投下很多的資金，但是前夫在這方面的觀念與我是相衝突的，他認為：「這些投資都是一種浪費，何況很多人也喝得很有效果，為什麼還要做改良呢？」我們經常為此事吵鬧，而幾年磨合下來的經驗，讓我相信，「對的事情一定要堅持去實踐。」由於我在經營上的一意孤行，結果造成他極度氣憤，並責怪我對他的不尊重。

此外，我主張應該在百貨公司設專櫃，或是在日本通過JAS有機製作之工廠等等，全都遭受到先生言行上的種種阻攔。但如果按照他的指示規劃，卻都禁不起考驗，每次失敗又重來，將造成更大的損失。

平心而論，他是一個前瞻性不足的投資人。他過去的經驗是做業務，而非經營者；他可以做個經營雜貨店生意的人，卻沒有經營大企業的雄心壯志。偶爾，他也承認並敬佩我投資經營的眼光及對事業的強烈企圖心，但是他經常為了面子而跟我做一些無謂的爭執。

我想，他會不斷外遇，或許是看我不順眼之緣故，因夫妻雙方在經營理念上有很大的衝突，再加上花心、很喜歡刺激的原因，才會讓我們走到這個地步吧。二〇一〇年正式簽字離婚，是我的解脫，讓我回歸寧靜的生活。

他自己提出離婚要求，卻還詛咒我：「一旦離婚，我會讓妳生不如死，我隨時都可以找公司麻煩。這個公司沒有我在，憑妳一個女人，有什麼能力能再經營起來？公司一定會倒的，況且公司有很多人都會跟著我走。」

我不知為何會那麼膨脹自己，事實上，離開他是我的福氣，我也要感謝他以這樣的方式離開我。這些年來，許多能讓公司更加茁壯的企劃，都因他不認同而無法推展，我深深覺得他是讓公司窒礙難行的一塊大石頭。今天，我們夫妻走到這個地步，我雖然覺得遺憾，但是對我的事業而言卻是一種福報。

我的企業雖然跌得如此深重，但是柳暗花明後能更上一層樓。我全力開發新的產品，將企業內涵做更全方位的提升，過去我所看見卻無法實行的理念商機，都能展翅高飛而行。我相信我是有能力的，我絕不會掉入他詛咒我的那句話：「沒有我在，妳是絕對做不起來的。」

【掉了一隻鞋】

印度聖人甘地，在一次搭火車時留下了一個動人的故事。當他搭火車時不小心把一隻鞋掉在鐵軌上，這時火車已經開始開動，甘地來不及撿起鞋子，於是他毫不猶豫地將另一隻鞋子扔在掉落的鞋旁邊，他的同伴困惑不解，甘地笑著回答說：「讓撿到的人有一雙鞋子穿吧！」

將心比心是現代人必須學習的觀念，也是一種美德。當你在失去時，還能多替他人想一想，你將是位有福的人，有些時候人為了要能擁有更多的東西，往往吝於施捨，試想當你兩手都抓滿時，你可有另外一隻手再拿呢？

第11章 踢開絆腳石，展翅高飛

有一年我到馬來西亞做巡迴推廣演講，主辦單位接待我參觀當地很有名的動物園。看見一群孔雀張開寶藍色的華麗翅膀，對著參觀的遊人展示炫耀，雄糾糾、氣昂昂的，彷彿一副浴火重生的驕傲自豪感，讓我印象深刻。這次我痛定思痛，檢討自己，「我應該沒有想像中那麼愛他。過去，我只是害怕失去這種習慣，才會百般討好、以他為重心百般依賴他。」從今以後，我告訴自己，「一切回到原點，重新來過。」

正面迎戰前夫的仿製競爭

當資金到位後，我開始積極思考公司如何轉型的全方位長遠計畫。

過去，公司的經營模式是希望讓蔬菜湯與發芽玄米精華湯汁組合這麼好的產品，能在短時間內介紹分享給大家，所以只要是有興趣代理的人，公司都願意合作看看，並希望藉此擴大產品市場與通路，讓更多的人重拾健康。

但是經過這次前夫的背叛事件後，我發現他不但在感情上背叛了我，竟然還吃裡扒外，勾結我們的海外代理商，並在大陸找代理工廠複製產品，甚至仿造我的包裝。他們一心一意要取代我原本的商品，希望讓我的公司從此一蹶不振，讓我受傷慘重，以這種方式來報復他多年來對我的不滿。當我知道實情後，真是心痛不已。「我是那麼掏心掏肺的跟他夫妻關係一場，他竟然不動聲色地對我怨妒到如此深的地步，真是情何以堪啦！」

雖然他們仿製了我的蔬菜湯、玄米湯，但是我對自己公司的蔬菜湯原料有信心。這些都是來自日本有機農園及有機製作工廠，講求真材實料，只要喝了它，一定會有感覺的。反觀這些仿製品，他們的食材必定不是耗費巨資，原物料不明、無有機認證標示，也沒有製造工廠的地址和電話；做法上更是離譜，只是將普通蔬菜原食材加工製成粉末罷了，居然也號稱是濃縮粉末，甚至有些還有添加物。他們運用了我的肖像，並以低價削價作為競爭的手段，如果愛用者貪便宜，第一時間不察而被欺騙，將會打擊到愛用者對蔬菜湯的信任與熱愛，這是讓我最擔心的地方。

於是我痛定思痛，決定把心情與事業完全歸零，回到最初開始經營蔬菜湯的方式。首先將加盟代理的營業方式改為直營店，而且積極在國內外演講、拓展店家數，只要有興趣的愛用者，都有機會成為直營店的店長，並且把工作當成自己可以全心投入的一份事業。

另外，為了吸引許多失聯的舊會員們重回娘家，我舉辦很多活動，不但提供豐富的優惠內容，還希望他們再次感受到我們對他們的關懷，而願意重新再認識蔬菜湯組合。甚至還舉辦大型的「健康大使」推薦活動，每個大使只要推薦成功，就與被推薦人一起享有優惠及贈品，讓蔬菜湯藉由新舊愛用者會員的加入，非常可貴的是公司的會員們，都不願意要贈品，請公司都給他介紹的親戚、好友們，出自內心與好朋友分享而已，他們只要健康大使此項榮耀，重新開創大家對這項產品的熱情迴響。

積極研發新產品

我的想法是：「即使公司尚處於虧損狀態，也不要像一般公司那樣，先以裁員作為節流的第一步，應該更積極地開源，像是開發更多新產品等。我要把過去一直想做的商品全部交給研發部研發出來。」

其實，一開始決定要把蔬菜湯及發芽玄米湯介紹給更多人時，我就有計畫要做出更多副食品，例如五色蔬菜餅乾、發芽玄米、搭配五色蔬菜湯濃縮錠的百菇玄米及燕麥等做為代餐，可以淨腸的有機番茄酵素、酵素液、酵素粉末，納豆、洋菇及膠原蛋白等濃縮錠，繽紛水果錠、發芽玄米咖啡、哥倫比亞的有機黑咖啡、天然的葉黃素、葡萄糖胺，甚至有機醬油、麵線，還有時下最夯的澳洲有機褐藻醣膠，能逼迫癌細胞自動凋亡的機制，效果非常的良好等等。但是我跟前夫提出這些計畫時，他幾乎是完全否決阻擋掉，他認為：「研發新產品要花費許多資金，短時間內無法增加公司利潤，不符合節源原則。」所以嚴詞拒絕研發新產品，認為只要將那幾樣產品顧好就可以了。當時我為了安撫他，也不得不以他的意見為主。如今，這塊絆腳石被移開了，我可以好好地實現當初研發新產品的初衷了。

首先，我研發出有機綠茶、有機紅茶，並以採用南非國寶茶的「路易波斯茶」（Rooibos）與天然檸檬、金盞花、洋甘菊等調配出機能性茶飲，這款茶飲沒有咖啡因、無草酸、耐泡、耐沖、耐煮，不會讓人失眠、心悸，也可抗三高、保肝、具有安眠的功效，能夠為體弱的人調養身體。

第二項產品是乳酸菌糖果，適合大人、小孩食用，而且口味多樣，如葡萄、金桔、黑糖、抹茶、草莓等，是一種可整腸的好零嘴。同時，裡面還有自然熟成的酵素液，能迅速補充鈣質且保護肝腎，幫助腸道好菌滋長。

再來就是以五色蔬菜湯與發芽玄米精華湯汁原料製成的餅乾，與一般坊間餅乾所不同的地方是，這款有機餅乾澱粉量很少，幾乎全部是蔬菜原料，纖維充足，非常適合久坐不動，又缺乏攝食蔬菜纖維補充品的上班族、減肥者、養生者，當然也適合罹患文明病，甚至癌症患者食用。

我以過來人的身份充分了解，罹癌病患也是久躺不動，身體很虛弱，很容易便秘，而且癌症末期病人更是經常食不下嚥，於是我透過許多關係尋找到澳洲有機高單位90％褐藻醣膠，是海洋的恩惠，利用有機的墨角藻運用冷水反覆萃取九十次的技術製成。它是近年已有一萬多篇文獻報告指出，濃度愈高效果愈好，高單位90％以上澳洲有機褐藻醣膠擁有豐富的多醣體、硫酸基、岩藻多酚，可抗癌、抗氧化、抗三高、快速排出不良物質，科學家、醫師、學者研究報告出來並確定對人體在食療上很有效的一種補充品，包括能改善身體機能、提高免疫力及防禦多種疾病，可逼迫癌細胞自動凋零死亡，具有抗三高、抗老化、抗疱疹病毒及幽門桿菌多項專利，獨有活化體內的幹細胞之報告，能讓罹癌患者的身體找回體力，且能調理內分泌及改善更年期障礙、抗衰老、會回春。

我所尋找或設計的副產品，都盡量符合罹癌患者的需求，同時也兼顧大眾的需要。例如酵素粉末、發芽玄米咖啡，可以照顧疏於攝取蔬果、需要咖啡因提神，又要保有豐富鈣質等希望兼顧健康的上班族。

我還有好多的想法，想要讓更多人感受這蔬菜湯及發芽玄米湯的神奇功效。

在重新振作後的短短幾個月內，我做了許多決定與改變，並在臺灣辦了八場演講，又到馬來西亞、新加坡、香港、澳門等地辦了二十多場演講活動，再加上每個月固定兩次與會員見面的大會，的確非常辛苦。但讓我最感動的是，重新出發後的第一場演講在國父紀念館舉行。沒想到，參加的人十分踴躍，重現了多年所沒有的盛況，連走道都坐滿了人。這場成功的再出發，不僅讓我信心大增，也讓我找回了多年前的雄心壯志、想要服務人群的記憶。這場演講，就是我浴火重生的舞臺，雖然讓我非常感動，但對於沒有座位的朋友們，只能坐在階梯上聆聽的朋友深感抱歉，敬請見諒，到至今我都感到很抱歉，因蒞臨現場年齡層較高，讓您們沒位子可坐，在會場時卻來不及說聲對不起，感到自責。

【鰻魚與泥鰍】

我也時常用這樣的故事來勉勵我的兒子-豆豆，還有同仁們。有一家非常有名專門養殖鰻魚的漁民，因為他們家鰻魚不但強壯、生命力強、存活率又很高，以致養殖業的同業者，都爭先打聽想了解他們養殖鰻魚的技術，到底是用什麼方法？都吃些什麼飼料？有什麼特別的秘密武器？怎麼樣打聽都無法知道真正的原因，後來同業們就忍不住來請教，『為何我們養的鰻魚很快的死了，你們養殖的鰻魚怎麼壽命都很長，又很強壯、漂亮，到底有何秘訣，餵食了哪些飼料呢？』林家的養殖業者，笑著說：「其實也都沒吃什麼啦！只是在魚池裡我放入些泥鰍而已，因為鰻魚生命是很脆弱、壽命又很短，所以我把泥鰍與鰻魚放入池中讓牠們互相競爭。因為泥鰍壽命很長、強壯、不易死去，所以鰻魚看到泥鰍的生命力強，喚起鰻魚的鬥志，唯有讓牠也想要跟泥鰍一樣擁有強壯的生命力，不願死亡，競爭到底。」所以林家養殖的鰻魚不容易死，這就是自然界的生存之道。

張永銘 繪　《集集小火車》　身障協會出品

秋收篇

回首紅塵心事

COFFEE

第12章 鷹和烏鴉相鬥的啟示

我是一個愛做夢的人，即使我已近中年，做夢對我而言仍是一種享受，俗語說：人因夢想而偉大。

那天，當我傷心喪志的情緒又再度湧現時，望著晴空萬里的藍天，忽然發現自己連做夢、憧憬的能力都沒有時，我好驚恐，深怕自己因此一蹶不振。

這時，我忽然聽見庭院裡的烏鴉呀呀叫喚不停，探頭一看，原來是烏鴉正和一隻天外飛下來的大老鷹在捉對廝殺，老鷹正以牠犀利的鷹爪一把架住烏鴉，正要將到嘴的烏鴉銜住，振翅高高飛入藍天裡，這時只見烏鴉奮力地掙扎，並且用牠那長長的、尖銳的利嘴，死命地啄著大老鷹，大老鷹被啄得受不了，一鬆口，烏鴉馬上掙脫大老鷹的利爪，逃離開來。

原本以為烏鴉被大老鷹抓住，這下一定沒有活路可逃，死定了，沒想到烏鴉竟然贏了。當烏鴉不顧一切逃開時，正好撲向我起居室的玻璃窗上並撞倒在地，但牠旋即拍拍翅膀重新站起來，揮舞著一雙翅膀，並用嘴喙大力啄著透明玻璃，似乎在對我打招呼說：「沒有什麼好怕的！」當我敲敲玻璃窗，學著烏鴉呀呀叫時，宛如烏鴉也瞭解到我的處境，馬上就飛走了。

從這幕老鷹與烏鴉相鬥的場景，給了我極大的啟示。我心想，連一隻小小烏鴉都有本領，無懼於大老鷹的淫威，還能以小博大，反敗為勝，而我呢？怎能輕易棄械投降呢？

堅持善心，學會警覺不受騙

過去，我的前夫經常嘲笑我，很笨、沒有能力，還想幫助別人。我一心只想對別人好，所以我經常被騙，這也許是我的優點，卻也是我的缺點，更是我的致命點。就如我經常光顧一家洗頭店，這是一位單親媽媽開的店，她既要幫客人洗頭，還要同時照顧兩個孩子，其中一個還有智能上的問題，生活很辛苦。但是我都願意去她店裡洗頭，她一面幫我洗頭，我一面幫她抱孩子，別人一定會笑我：「這是在幹嘛？洗頭原本就是去紓解壓力，休息一下的吧？」但我為了幫助這位單親媽媽，寧可放棄享受其他美容院輕鬆自在的洗頭加按摩的舒適環境，深怕她若生意經營不善，以後該如何是好呢？說我傻笨，似乎也不為過。

以前我在做皮件、皮件生意時，到同業的皮包工廠參觀，遇到他們剛好要出貨櫃，我看到每一個人都在忙，廠長高呼著：「趕快！」我就很自然地動手幫忙，幾乎忘記自己是來參觀的客人，是等著人來招呼的。但我就是這樣雞婆的人。為了幫助弱勢團體建立家園，雖然公司已被前夫掏空，自身難保，但一想到弱勢孩子們已經請我幫忙，我心裡糾結一番，想說錢是身外之物，乾脆將心愛的珠寶又拿出來變賣。

我反省了很久，認為第一次被騙是笨，第二次又被騙是蠢，第三次我不能再鄉愿了，就如烏鴉一樣，要置己身於生死關卡上，才能掙脫出來。「既然遇到了，就盡力想辦法解決吧。」從這些挫折中，我學會了珍惜苦難。

當我面對良人成狼人的質問時，他說：「既然妳認為對得起所有妳親近的人，但是這些身邊最親密的人，為什麼都不會感恩妳，反而一個個從妳身邊離去，背叛妳呢？妳想過嗎？」我當然知道他的計謀，他是惡人先聲奪人，先將自己的行為合理化，並且伺機擊垮我的信心，我太了解他的心思了。

我從烏鴉哲理來反擊他的合理行為模式，我告訴他：「從今以後，我不會再拿別人的過錯來懲罰自己了。」我深深體會到錢是身外物，而真正的愛情是無法以金錢來衡量的。既然我對過去的人不再有愛了，也就沒有了恨，只能告訴自己，「謝謝這些曾經傷害我的人」。

雖然人善被人欺，馬善被人騎，但是我相信，我的本性一直都是如此。「我要對人好，要對大家關心，我就感到很滿足，因為我對於感情的看待比金錢還重視。」我曾經奮戰一場，而今鳴金收兵，揮一揮衣袖，不帶走一片雲彩，一切就重新來過吧。

第13章 記得我二十歲時的眼神

「林董事長，妳真是女強人，女人中的女人，事業做這麼大，我們都好羨慕妳耶。」

很多人都羨慕我有許多人生經歷，羨慕我經營過美容化妝品業、皮件皮包生意、健康生物科技事業、養生村等多種事業，總以為我的成功不費摧灰之力。但事實上，這些過程一點一滴都是我用生命血淚換來的，當真正身處其中時，那種痛苦不堪的疲累、幾度想了斷人生的念頭，總一次又一次鞭打著自己。而在走過之後，那份苦痛成為我生命的滋養養分，當初所面臨的種種阻力都轉化為一種助力、一份正面能量，讓人更有勇氣。

每當我頹然到想倒下時，那雙充滿自信、希望、活力的二十歲眼神，總會怦然呈現在腦海裡，似乎在告訴我：「妳怎麼忘記妳二十歲時的衝勁呢？」那眼神一直是伴隨著我不斷前進的一股力量。

我從七歲開始就會騎腳踏車沿街叫賣饅頭，因為我人緣好，處處為人著想，常常不到兩個鐘頭就把饅頭賣光光，不但如此，我還能批一些鄰居阿姨、姊姊們喜歡的小飾品、絲巾或皮包，多算一些走路工錢賣給鄉親們，賺取其中的小價差，最特別的服務還有唱歌給她們聽，像我這樣有抱負、有理想、有夢想，怎會甘心待在嘉義縣的鄉下，只顧一間小雜貨店就滿足呢？我常常對爸爸說：「讓我上臺北去找工作發展，好嗎？我不要在鄉下待一輩子，那會沒出息的。我要賺更多的錢，讓爸媽過更好的生活。」而爸爸總是敷衍我：「妳太年輕，到城裡工作會被人騙的，等妳到了二十歲時再說吧！」但我卻一直記住可以展翅高飛的二十歲。

終於那天到來了，那個信心十足、拚命要往外發展，充滿野心大志的炯炯眼神，至今我都還記得。我告訴爸爸：「給我一個機會，如果失敗了，我一定會

乖乖回家；萬一成功了，我一定將你們兩老接到城裡去，不要再賺五毛一塊如此辛苦的錢啦！」也許是那信心感動了爸爸，也許是那充滿了希望的年輕眼神讓爸爸退讓，願意給我出外發展的機會。「好吧！去讓人磨一磨妳的銳氣，妳就會甘願回到鄉下來了。」爸媽的愛憐眼神至今我都忘不了。

現在，公司招募一些年輕人來工作時，我一定會先看他們的眼神，是充滿自信，還是羞怯沒有信心的眼神，我一眼就可以望穿。

要買清晨就盛開的蓮花

我的兒子豆豆，以前對於我的嚴格要求，一直不以為意，總認為已經很好了，為什麼還要精益求精，我常常拿一位賣花小販的故事來勉勵他，希望他體會出從年輕開始就要立志的企圖心。

我是一個很愛花花草草的人，鄉下的家有一大片地種滿了各式各樣的花，來臺北後，因為工作及環境的關係，沒有庭院可以滿足我的栽花、種花、賞花之樂，但是我家客廳裡時時都插滿著新鮮的花，不管有無訪客，都能滿室生輝，教人心情輕鬆起來。

每年夏天，我很喜歡買一些蓮花供養在佛桌上，這位花販教我在夏天挑買蓮花時，一定要還在早市，而且要挑那些已經盛開的蓮花。我訝異地問他原因，他像一位充滿哲學味的花博士，分析說：「早上是蓮花綻放的好時機，如果一朵蓮花早上沒有盛開，可能到中午和晚上都會開不了。」原來「蓮花的啟示」讓我看見了人也是一樣的，一個人若在年輕時沒有志氣、沒有方向，到了中年或晚年，就更難有志氣了。所以有人說：「英雄出少年。」真是很有道理。

我以此勉勵我的兒子及一些年輕朋友，他們在我的鼓舞下也感同身受，因為青春只有一次。「記得你二十歲的眼神，記得當時你做的美夢。」快快把握住現在的十年，只有當下的努力，才能造就下一個十年的開花結果。

我是一位充滿愛又熱情無限的人，兒子經常說：「常景有機事業公司是專門為妳量身打造的。」是的，我相信人與人之間是一種愛的傳承，對世人的情愛也是永續不斷的。

那熟悉的二十歲眼神，伴我走過無數次的挫折，也讓我越挫越勇。

林心笛女士二十歲的眼神

【愛的叮嚀】

我喜歡白色的香水百合花，那樸質單純的白，一股雅致清新的品趣，放在客廳或佛堂上，流露出一股純潔莊重之美。

賣花小販說：「顏色越豔麗的花，它的芬芳之氣就越不香，反而是越純白的花才能越開越香。」

花就如其人一樣，喜歡鮮豔花色，或是純白色花色的人，心胸的開闊度就有不同，樸雅單純的人較偏愛純白色的花。

張永銘 繪　《戀紅》　身障協會出品

第14章 媽媽為愛穿旗袍的身影

每當母親節來臨時，我都會非常感傷，不由自主的想起我媽媽來。而媽媽受外省爸爸的影響，穿上花色旗袍的身影經常浮現在我心田裡。

生長在嘉義鄉東石鄉下的媽媽，和來自四川省內江縣的爸爸結合，兩個差異如此大的夫妻生活在一起，經常發生衝突和矛盾。

媽媽是寡婦，又帶著三個孩子，嫁給爸爸這個從大陸來臺灣的老芋仔。兩個完全不同背景的人在經人介紹後結婚，一開始語言不通就是個大問題，兩個人的價值觀也幾乎是南轅北轍。例如，我們在鄉下有塊地，媽媽看見鄰居的田地裡的草長

林心笛女士父親與母親

得很高，她認為順手幫他們割一割也無妨，鄰居還會為此感謝。但是爸爸的觀念則是，那塊田地是別人的，就是順手幫對方割一把草，都是不對的，因為沒有經過田地主人的同意，一根草都不能拿的。兩個人經常為此爭吵，媽媽總感嘆：「這老芋仔神經有問題，腦筋為什麼那麼固執，講都講不通。」

又如媽媽很誠心的每月初一、十五都要拜拜，各種節日也要拜，爸爸就認為太迷信了，只要心誠就好，何必要經常左拜右拜，把錢都花在拜拜上。事實上，爸爸認為媽媽都是為她過去的大家祖先而拜，並不是在祭拜爸爸家的祖先。有一天，我發現爸爸的心結，就偷偷對爸爸說：「爸爸，你放心，林家的祖先將來就由我來祭拜吧。」他才釋懷。

我經常調侃爸爸：「你那麼愛媽媽嗎？你們之間真的有愛情嗎？」爸爸總是說：「大人的事，問那麼多做什麼？」後來，我才發現一個有肩膀的男人，懂得照顧一個女人，並且愛屋及烏，愛她所有的一切，包括前夫的孩子，這點就非常不容易。爸爸對兄姊們相當疼惜及照顧，培養他們受高等教育，還

林心笛女士（左）與父親

賣土地給他們創業。爸爸還一直幫姊姊洗衣服洗澡，洗到她十歲為止呢。我想這種愛就是一種偉大的、包容的愛。

爸爸是個不擅言詞的先生，總是以粗魯的命令口吻要求媽媽幫他做很多事，甚至爸爸因喜歡看女人穿著能顯現婀娜多姿身材的中國旗袍，竟然強迫媽媽穿上旗袍。雖然媽媽很不習慣穿旗袍，但為投先生所好，還是默默接受。

他們倆相濡以沫，相互扶持。爸爸過去都是不拿香拜拜的，後來也在媽媽的薰陶下改變了。雖然媽媽在世時，他們倆經常吵架，但是面對死亡分離之際，爸爸哭得好傷心，還真情流露地說：「妳媽媽是個命苦的人，嫁個先生早死，拖著幾個孩子跟著我，我又沒錢讓她享福，一輩子都是為兒女操煩，沒有過一天好日子。」

每次想到平庸的爸媽如此平凡的婚姻，卻能長長久久、一生一世，就更能體會到出生傳統鄉下的媽媽，穿上中國旗袍的那份靦腆之情，那是全心的愛，也是那個時代中最難說出的「我愛你」三個字的愛意。媽媽用無言之愛來表達，那旗袍身影總讓我在情傷後更加懷念。

第15章　愛搭車的女子

「搭車旅行，走在前往目的地的路上，或是搭車在回家的路上馳騁，對我來說，就像是一場遲來的成人禮，莊重唯美，向著我的生命大道前行。」

我很愛搭車，每當我心情煩躁，或是跟爸媽頂嘴、鬧脾氣，就會搭上小鎮的公車。那是二至三小時才有一班車，從廟口沿著筆直的產業道路，飛馳在田野間，在這漫漫長路上，我會遇到形形色色的人，聽他們在車上談論家鄉鄰里間的八卦是非，他們討生活的方式，兢兢業業的生存法則，各種面對生活的勇氣及追求美好的壓力。

上車的人，有些是社會底層的司機小販，有些是怡然自得的農村居民，還有些人是在城裡工作、衣錦榮歸的遊子。當你聽得越多，心情也會越來越開朗。你聽：「我家那個死老猴，終於同意我出外工作」，「我家媳婦很不孝順，離家出走，把三個小孩放給我帶。」，「阿蓮家的女兒很孝順，在臺北賺很多錢，都有寄回來給她的阿母。」這些話語常常讓我深刻感受到那些人所經歷的不同人生。

記得有一次，我負氣離家到城裡投靠同學，跟爸媽擺明說：「我想要獨立賺錢，不再依靠爸媽了，也不要來找我回家去。」當時，我只是因為每次爸爸和媽媽吵架，都會說由於生了我，所以就不能一走了之，好像我是個拖油瓶。而我為了完成爸爸想一走了之的心願，就決定一走了之。但是當我真的背起行囊準備離家出走，來自內心深處噗通噗通的緊張害怕聲音，讓自己差一點就放棄出走的念頭。

旅行是一種能鼓舞人往前闖蕩的能量，非常簡單，只要你肯去做就行了。在我決定離家出走後，我在車上一路反省自己的態度，思考往後的路要如何走？我不停地對自己說：「有些事情我現在不去做，將來我就永遠都不會去做。」事後，我有很深的感觸：「世間事不論有多麼困難，如果你是一個純旁觀的人，永遠都會覺得那件事是很難做的；但是如果自己能夠勇敢去做，相信不論是多麼困難的事，都會慢慢過去的。唯有自己站在草地上，才能聞到小草的芬芳。」

這種隨意搭車旅行的方式，一直令我嚮往很久。我總覺得那種充滿計畫的行程，有如一眼就能看穿結局的電影，感覺索然無味。

所以，每當心情低落時，我就會搭車伴著汽車飛馳的動感節奏，在兩旁綠意繽紛的美景陪伴下，沒有目標地遊走，一切似乎停格在那個年輕愛搭車的女子身上。離家到遠方，吹在每個土地上的風都是不同的，因為氣味，因為心情，也因為一切都是無法料定的未知數，而樹葉是由風來決定它的方向，而人更要是由自己決定正確的方向。

藉著搭車，可以磨滅掉我崢嶸好強的心志，增加挑戰自我的勇氣。每當我歷經種種心碎情境時，也是以搭車方式來撫平內心忿忿然的情緒，我的夢想就藉由搭車來完成美夢，每次都捨不得，到了終站，也藉由搭車激勵自己，不再悲傷怨懟。

第16章 青蛙與毒蠍子的故事

有一天，一隻快樂的青蛙和一隻毒蠍子，一起在河邊準備過河到對岸去探親，毒蠍子無法單獨過河，就誠懇地對青蛙說：「我站在你背上，你載我一程，好嗎？」青蛙回答：「你是毒蠍子，會咬人的，我才不要馱你過河。」但是毒蠍子回答：「我要是咬死了你，我也過不了河了。」青蛙想想也對，於是就馱著毒蠍子過河。

誰知道，才渡河到半途，毒蠍子就狠狠地咬了青蛙，青蛙大叫：「我們不是說好了不可以咬我的，為什麼你還是不守誠信地咬了我呢？」這時候，毒蠍子悠悠地說：「這就是我的本性。」

一個男人如果是懷著特定目的來接近妳的，即使結婚多年，他仍然不會對妳動真情。愛情騙子就是騙子，愛上他只會真心換絕情。這是他的本性，就如毒蠍子一樣，妳會吃虧上當，是因為你認為結婚後會有所改變，懷著救世主的情操，以為真情可以感動對方。在經歷這場風風雨雨的感情創痛後，我的心得是：「千萬不要輕易相信一個會說甜言蜜語的男人」，而且「聰明的女人千萬不要等待出軌的愛能再回來，若能再回來，那只是暫時的忍耐，並不是改變了。」

當我發現良人的「圍城計畫」是要將我的財產掏空，要讓我事業垮臺，我收起我對良人的信賴，雖然心在淌血，眼淚不由自主的流了下來。當我聽到他的小三、小四起內鬨爆料之際，我發現事有蹊蹺，再加上公司有一位七十多歲的義工媽媽，經常提醒我：「董事長，妳丈夫經常出國，妳怎麼不跟去呢？你為什麼這麼放心地把公司的事交給別人管理？不怕公司被人賣了都不知道嗎？」因為我的處事原則是「疑人不用，用人不疑」，但是聽多了，我也有一點點警覺，立刻提出將財產登記為夫妻財產分開制，雖然丈夫一開始拒絕，而我仍堅持要將兩人的財產做分別制。回想起，這真是不幸中的大幸，至少在極短的時間裡，我可以儘早做準備，在第一時間讓日本公司的資金增資，保有股份，損失可以少一些。

透過苦澀的愛情學會原諒與感謝

很多時候，我這個驕傲的獅子座，雖然嘴裡一直怨嘆著，很想自殺死了算了，但是理智上，在慌亂時心中一直有個聲音在告訴我：「千萬不要倒下去。」我自然而然就會理出一條保護自己的路，勇敢地下定決心，並改變方式來重振旗鼓。

於是我針對他的掏空事實提出告訴，當他發現我理性地出手，仍以激將法來打擊我，要求我撤銷告訴，他表示：「妳不是最有社會責任的企業家嗎？公司都要倒閉了，不趕快去救公司，還來跟我打掏空公司及通姦告訴的官司？你要知道，就算今天我打輸官司，必須賠錢給妳，我寧願被關，也不會拿錢出來。」這時，我才知道，夫妻多年來，我只是他的寵物，更是他眼中的獵物，他是一個高明的、守株待兔的獵人。

為了營救公司，我不得不妥協，何況我也沒有多餘的時間與金錢來打離婚官司，只好完全無條件離婚，不追究他掏走的金錢。他在簽署離婚協議書後，丟下一句話給我：「人都是很現實的，什麼都是假的，唯有錢拿到手才是最實際的！原本以為和妳在一起有利可圖，一旦我確定無利可圖時，妳也別休想我會再回來。」事實上，夫妻撕破了臉，原本就覆水難收；兩人已經鬧到如此不堪的地步，也不可能再續緣了。出軌的愛是無法再等待回來的。

過去我是一個有愛的潔癖的人，丈夫的外遇對我而言是最大的打擊。「你可以很坦然的離開，而不是以背叛我的方式離開我。」我曾對前夫這麼說。我很清楚每個女人發現丈夫出軌背叛自己時，那種痛不欲生的悲痛絕望心情。

雖然我的人生都在愛裡浮沉，總是無盡的付出，但在付出兩億元代價後，我終於掙脫出來了。走出對愛情的迷惘後，我只想說，愛情雖然是淒美悲痛的，但是我從愛情的苦澀中找到另一種力量——「原諒與感謝」。我深深體會出，「男女對愛情婚姻的經營方式不同，男人當成一樁事業，女人則當成一生志業」。女人經常對愛是無怨無悔的付出，直到受了傷害才會徹底頓悟。

因為我選擇了原諒與感謝，所以我的人生不再受困在情感漩渦中，因為「原諒別人則是寬恕自己，才會讓自己好過些」。也因為感謝這段讓人失落痛心的婚姻，我才更有勇氣去承受更多的折磨。

曾經我厭惡玫瑰花的嬌豔多刺，害怕它的多刺傷人，因此總避得遠遠的，不去碰觸採摘它。但是在我學會包容和原諒後，我會去尊重每一個人不同的性格。只要是人，都會擁有一些旁人所無法容忍的部分，重要的是，人要學會如何不被玫瑰花的刺所傷，又如何不讓自己的刺去刺傷心愛的人，就一切圓滿了。

而今，玫瑰花是我經常送給同仁及好朋友的禮物，我不再害怕摘採它時的多刺，喜歡它，只因它代表我內心澎湃如潮湧般的熱情，也代表我對一切事務寬容的厚愛。

第17章 出軌的愛情還能再回來嗎？

「男人變心是正常，還能愛你要感謝。」這是我在失婚後最大的收穫，我希望更多像我這樣的女性朋友，能夠藉由我親身經歷的故事，而找到更好的解決方法以及重新站起來的信念。這也是我想以寫書的方式訴說自己慘痛的經歷原由。

如果發現先生外遇，要如何面對與自處呢？

一、妳認識枕邊人嗎？

男人天性喜歡新鮮、刺激，並且渴望結識其他女性，自信自己是真正的男人，能征服全世界女人，這是所有男人的本性。

他們天性好動有活力，不但可以關愛自己的妻子，同時也能對其他女性產生好感。

如果你的枕邊人是一位頭腦清醒、體力正常的人，就要有「男人變心是正常」的思考模式，不要奢望用婚姻的枷鎖來套住先生，也不要試圖隔開先生周圍所有迷人的女性朋友。不要企圖把自己的意志強加給他，而希望徹底改變他。女人需要以「耐心、信心」作為打動先生的最佳武器，經常以「只要一有機會，先生就會移情別戀」來警惕自己。

當今社會，一些男人經常會說：「他們在不知不覺間背叛了妻子。」這也說明了，丈夫不是有意背叛妻子，只是由於莫名奇妙的感覺，以及氛圍成熟的時機，一切便自然發生了。瞭解這一點之後，女人就能平靜的接受這種現實。要知道，現今社會不僅男人喜歡偷情，女人也是如此，只不過男人的機會比較多一些。女人學會寬容一點，今天如果妳能擁有一位有本事的男人，就要知道丈夫隨時有外遇的風險，要小心應對。

二、男人為什麼會出軌？

丈夫為什麼會背叛妳？簡單而言，他們的變心及背叛是沒有理由的，男人只要有機會就會不安分。會外遇的男人可大致分為以下四種心態：

1. 積極征服型：為了證明男人能贏得美人芳心的自信魅力，企圖征服無數女人，以此炫耀自己是情場高手，證明自己擁有非凡的成就與體能。

2. 消極遁逃型：害怕被婚姻枷鎖束縛，於是男人為了掙脫桎梏，消極以遁逃方式到另一個女人的懷抱中。

3. 平淡失望型：對平淡無趣的夫妻生活感到失望，夫妻間不再有任何激情火花可言，於是他想以外遇的刺激來改變平淡生活，並以此來證明自己依然強壯無比。

4. 博愛完美型：有些男人認為，只擁有一個女人全部的愛是不夠的，他追求完美博愛式的愛情。因為任何一個女人都不是十全十美，無法滿足他的需求，所以他必須四處追逐他喜愛的不同獵物。他覺得自己不應該將情感只傾注在一個女人身上，這會是一種浪費，對其他女人也不公平。

有以上四種心態的男人，都容易發生外遇，所以作為妻子，如果能回顧自己在生活中，是否包山包海一肩挑，經常性的做出過多的付出與包容，或是不理不睬、不夠關心，甚至是關心過度，這些都容易造成先生出軌。

三、女人面對丈夫外遇時的自處之道

有人說：「外遇只是生活中的一個痛苦的插曲。」也有人說：「外遇是家庭的重創，也是一種類似於死亡的傷害。」

無論夫妻哪一方有外遇，都會讓另一方經歷難以承受的嚴重打擊，同時夫妻雙方會處於一種不斷掙扎的、情緒起伏不定的困境中。

女性朋友在面對外遇風暴時，請妳一定要先考慮清楚：「我是不是真的很想從婚姻困境中走出來？我是不是還想要繼續維持我的婚姻呢？」

當女性面臨丈夫外遇的背叛時，很容易感覺到自己是最大的受害者，而且之所以會造成這樣的痛苦，所有的責任都在對方身上，認為對方是一個非常不負責任的男人，並以「丈夫的人格道德低下，才會做出這種背叛的事」，來指責對方是情感大騙子。有時候還會以非常激烈的、歇斯底里的舉動來宣洩憤怒，造成夫妻雙方及家庭子女的傷害。

既然丈夫外遇已成事實，無論妳是否能接受或面對，都要以一顆冷靜的心來理性思考原因，是因為有一方沒有滿足另一方的哪些需求？還是彼此間的愛早已一點點的流失了？

「冰凍三尺非一日之寒」，或許你們的婚姻早就已經出現問題許久，而當事人卻渾然不覺。當一方或雙方的情感需求沒有得到滿足，才會給第三者留下機會。若妳的男人已不再愛妳，也不要強求，重新去尋找真心愛妳的人。

我以自身經驗提出自處之道，供大家參考。

1. 面對問題，千萬不要拖延問題。

一旦外遇發生，就已經對婚姻構成破壞。如果妳想要兩個人繼續在一起，就必須馬上行動。妳需要堅定而獨立的態度，甚至要求暫時和對方分開，直到他同意和妳共同解決問題為止。如果妳不勇於做決定來處理此問題，這種舉棋不定的懦弱態度，對於改善婚姻、維護婚姻關係是沒有任何作用的。無論如何，妳都需要讓外遇的一方清楚知道事情的嚴重性，以及自己不會委曲求全的決心。

2. 請做好心理準備，處理外遇問題要長期抗戰。

雖然外遇大多不會導致婚姻解體，大部分夫妻最終會選擇和解。但是從外遇的發生到和解所經歷的時間，從幾個月到幾年都有可能，這個過程會給妳帶來難以承受的痛苦，要有打持久戰的心理準備。

3. 當丈夫不想放棄情人時

你一定要先堅守自己的立場態度，家庭與外遇對象間只能二選一，必須硬性要求對方斷絕和外遇者的來往，永遠不見面、不聯繫。

外遇會讓人上癮，因此就像酗酒成性的人若想要戒掉酒癮，就必須不再喝任何含有酒精的飲料一樣，想要回到外遇對象身邊的念頭，也必須在一方堅決不妥協的立場上，才能將背叛者的想念控制下來，而下定決心與外遇情人分手。要逃脫出婚外情的最好方法，就是強制避免對方和情人有任何接觸。

如果丈夫不願意中斷和情人的關係，遭背叛的妻子就要做好長期分居的準備。分居對婚姻有良性的好處。一方面，遭背叛的妻子可以抒發及控制自己的情緒，而能堅定自己決定的正確性，讓自己安心下來；另一方面，因為分居，妻子不再需要滿足背叛者的情感需求。

在這種情況下，因彼此都無法滿足另一方的需求，丈夫、妻子、情人之間將產生矛盾。久而久之，背叛者就會開始意識到情人不能像伴侶一樣滿足他的需求，而明白「魚和熊掌不可兼得」，進而產生新的思考方式來維護婚姻，或是更理性地處理婚姻離合的問題。

4. 當外遇的丈夫迷途知返時

在這種情況下，並不代表婚姻問題可以圓滿解決，只能說你們的婚姻可以穩固發展。

丈夫是迫於壓力，忍痛與情人分手而回來的，或是丈夫和情人因情感或道德上的失落，感覺到彼此不適合或無法共享幸福，而選擇自願回家。這兩種情況是不同的。

很多外遇的丈夫，迫於家庭及社會的壓力又回到家庭中，但是他並沒有像妻子所期待的那樣，對妻子更好或有什麼彌補的舉動，甚至在妻子對他示好時，也不領情。

他往往也不肯和妻子談起外遇的問題，這時若妻子又急切想知道自己究竟哪裡做的不對，希望可以盡快改善婚姻關係，兩人就會在這種外遇情結上產生衝突。對方認為我可能放棄了這一生最摯愛的情感或者最美好的性關係，被迫回到家中，內心充滿悲傷無奈的情緒，又遇到妻子氣焰高漲的質問時，自然會感到不快。此時，最好的方法就是少問，因為外遇已是既成事實，知道的細節越多，對於改善婚姻並沒有任何助益，只是徒增兩人的困擾罷了。

這個時候，雙方都需要克制壓抑自己的情緒。畢竟每個人內心都受了傷，既然丈夫選擇回來，很多事情及對對方的愛意，都需要很刻意的表達出來，刻意的讓對方感受到愛，時間久了，這種刻意的愛才會變成一種習慣，才能幫助雙方重新建立幸福美滿的婚姻。

有些妻子在外遇的丈夫選擇家庭後，並不會積極地改善彼此關係，而是繼續做出打擊丈夫的舉動，經常在孩子和親人面前提及丈夫的外遇事件，以為能藉此避免丈夫重蹈覆轍，卻往往造成反效果，使得丈夫在不久後又和情人在一起了。

妻子的想法是希望丈夫能重返家庭，讓婚姻更和諧、家庭更穩固美滿，但是一味的追究責任或謾罵，都會造成夫妻兩人漸行漸遠，不會有任何好轉，只會徒增彼此的痛苦。

家庭不是法庭，很多事情理不清楚，如果妻子選擇真心的接納，就要學習如何滿足對方的情感需求，不要要求先生有立即的回報，這的確是一條艱難坎坷的路。如果在妻子做了很多改變之後，外遇的一方仍然不會對妻子表達關愛、呵護和忠實，是會讓妻子受傷害的。這時，妻子就要自立自強的考量與準備了。在下一章節中，我將分享女性朋友們如何走過低迷情傷的方法。

5.用心經營婚姻創傷修復期

外遇事件無論對婚姻的哪一方都是沉痛的重擊，夫妻感情需要很長的時間才能重建信任。

當外遇的丈夫選擇家庭後，為了約束彼此，並為改善婚姻而做出努力與改變，雙方最好寫一份協議書，且這個協議書需要隨時更新。

一開始要約法三章，先生不能和情人聯繫，要對妻子報備行蹤，妻子需要做哪些方面的改變等等，讓這些事隨著時間拉長而逐漸變成家庭相處的固定模式，如一家人每週一起吃幾次晚餐，或安排幾次家庭活動來促進夫妻間感情的和諧，直到夫妻雙方都能信任彼此，進而感受到婚姻的幸福美滿為止。

冬藏篇

勇敢斷捨離，正能量自然湧現

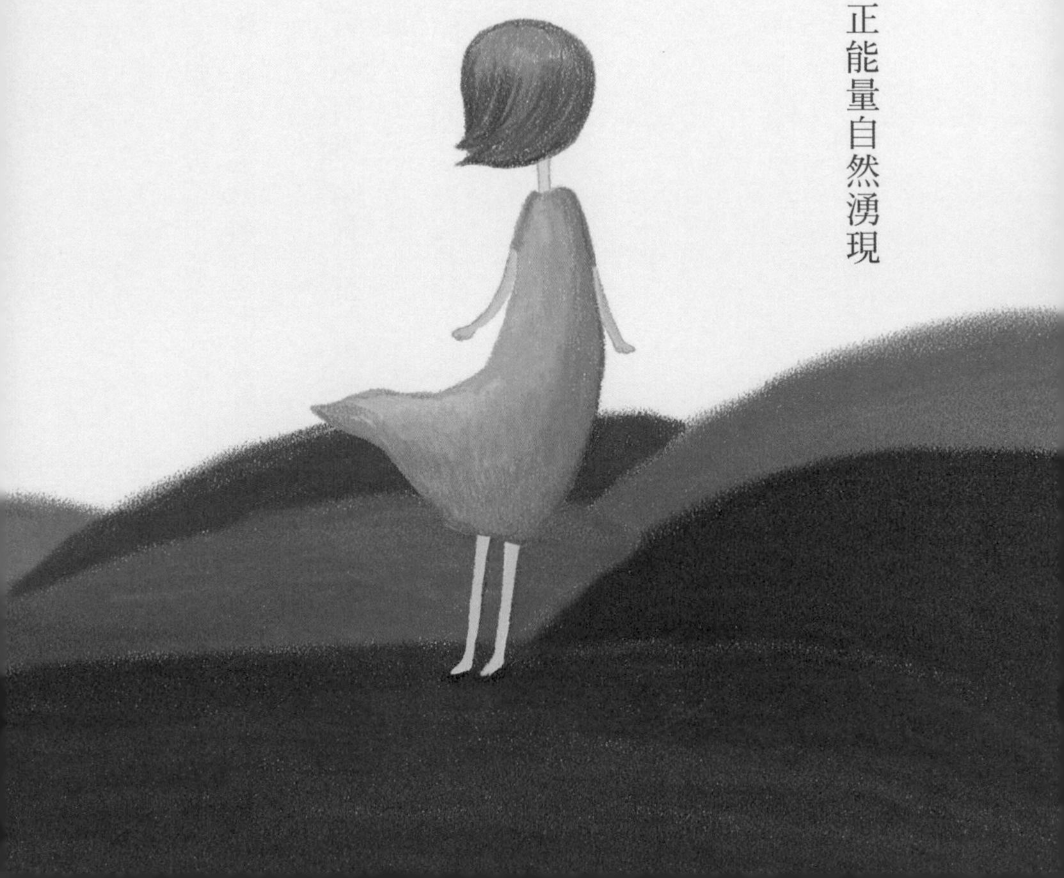

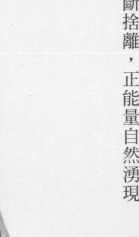

第18章 謝謝你，終於知道我的好

我讀的書不多，心裡總認為自己很笨、不聰明，一定要比別人更加努力才行。所以做事時，我總是盡心盡力，做人處處圓融，為他人著想，看見別人開心，我就很開心。我是一個會「人來瘋」的人，不愛聽別人一味讚美的好話，而是喜歡站在他人立場，讓他得到真正的開心。

夫妻情緣一場，好聚好散，雖然他辜負了我的一片苦心，有計畫的外遇與掏空公司，並在最後為了逃避事實而落跑，趁著我忙碌時開車離去。我因為緊抓車門把不放手，被急駛而去的車將我拖行數公尺後甩出去，雙膝鮮血直流。我咬著牙讓傷口鮮血直流，不擦任何的止血消炎藥，我要讓自己忍受這傷口的切膚之痛，告訴自己該死心了，就讓這創痛從這裡開口，也在這裡結束，選擇不逃避、迎面而對，雖會很痛，痛苦總有結束的時候。

一次又一次翻看我和他過去的甜蜜合照，以及曾經寫給我的信。從信的字裡行間，我相信他還是明白我對他的好的。

寶貝老婆大人，親愛的媽咪：

我們之間為什麼總是為了一些芝麻小事、公司經營、員工是非而鬧得不愉快，影響了大家的心情？為什麼我們的生活一定要處在爭執和吵鬧中呢？

我還是比較懷念以前我們倆自由自在的日子，想去那兒就去哪兒，開車出遊或是躺在沙發上閒聊，兩人雙手緊握，都會感覺到無限的快樂和溫暖，那是多麼幸福的事呀！因為那是我們生活的原動力。

最近在公司裡，我不是意氣用事對妳大吼大叫，不給妳面子，是因為我真的也不知道自己為什麼會莫名其妙地發這麼大的脾氣。也許我真的應該去看醫師，是不是自己有毛病而不自知，況且聽兒子說我越來越嚴重，看來我得要好好檢討，好好休息一下，或是去修身修行吧！

我不是意氣用事要離開公司。離開妳一陣子，只是因為我不想再讓自己與妳有更多的爭執與意見不合。因為我珍惜我們之間的感情和親情，只有暫時放開離去，我才能冷靜下來，好好告訴自己，我的真正想法。

還記得妳幫過我多少次，我永遠會記得妳是我的貴人；我也記得，我們做過多少事業、經營過多少行業，一路上有多少辛酸。

還記得嗎？沒錢時、過年時、機場的離別，那時所經歷的辛酸與苦楚，誰知道我們倆是如何一一面對和解決的？經過多少風風雨雨的失敗與挫折（包括感情），最後終於讓我們在蔬菜湯事業上歷經八年的辛苦經營後，終於嚐到成功的果實。

我真的能體恤到妳多年為打拚事業而養成晚睡晚起的習慣，所以我盡量每天早起幫忙公司的事，待妳下午進辦公室，再由妳來接手。

我為了妳，也為了我們認真經營的公司，打理公司裡的每一件大小事務，這都是為彌補妳對我的好、對我的真誠。如果一個男人不是真的愛妳，真的想要好好對妳，怎麼會在公司體制已完善與上軌道時，仍然無任何積蓄與利益，也沒有財產？請問現今社會上，有哪一個男人像我這樣，一家公司經營八年了，有知名度了，有利益了，結果全部的利潤與利益都不在自己身上，為何我還能做到如此地步，依舊不向你要求什麼，也別無所求？只因為我們是夫妻，妳是我的靈魂伴侶，就算是無利可圖，我也不會放著妳不管，不會讓妳一個人獨自承擔經營公司的辛苦。我曾經說過，此生就算做牛做馬，也要報答妳的大恩大德，我會永遠照顧妳一輩子的，就算將來面對更多的困難，我依然會與妳一同安然度過。請放心，相信我一次。

日本成立工廠之初，我來建廠，初期工程困難重重，言語又不通，心情上格外孤獨。但我一心想要完成妳的人生夢想與藍圖，決心一定要好好撐下去，無論如何也要先熟悉當地環境，心想，只要妳來日本，可以跟我牽牽小手，散散步；或是逛逛街，那會是一件多麼幸福快樂的事情呀！還能順道紓解一下妳在臺灣的所有壓力及緊張情緒。

經營一家公司是很不容易的，我了解妳為了公司而給自己不少壓力，同時捨去了很多個人的休閒時間，包括我們的相處時間。每次看到妳為了吸收更多健康方面的資訊及知識，半夜苦讀，還要核對稿子、寫稿、創作食譜，總是讓人很心疼，更讓人擔憂妳曾經動過大手術，身體是否能負擔得了這樣的壓力。可是這一切都是妳喜歡做的，妳充滿了使命感，沒有人敢阻止妳，我更不能去阻止妳，只能支持妳，不是嗎？正因為如此，所以我很認真在打理公司，為的就是要和妳一起完成這個願望，這也是時常讓我們起爭執的起因吧。

今天我一定要讓妳知道，我們之間真的需要好好溝通，不要再起爭執了。有時，我不是不支持妳的想法，否定妳的能力，只是覺得或許換個方向思考會更好。有時候，我們還是可以試著結合彼此的意見，讓事情進展得更順利。所以妳是否可以不要那麼霸氣？而我是否也應該學習妳的理智與英明，有前瞻性、勇往直前、不怕輸的風格？我們應該試著整合彼此的意見，多多溝通。希望我這輩子能永遠照顧妳、守護妳。

記得生日時說過的話，下輩子我還是要握著妳的手周遊各國，遊遍全世界，帶妳去吃好吃的東西。如果我們能如此，一定可以在彼此的生命中，製造出更多更美好的回憶。不要再為公事忙砸了我們之間難得的感情與親情。

我是認真的，我希望妳好，也希望公司好，希望妳身體好，我們可以有很多方式來解決發生的事，但是要在不破壞彼此感情的前提下。我需要妳的尊重，如同妳總是需要我的支持一樣重要。如果妳真的需要我，是否也可以試著放下居高臨下的堅持，共同溝通，讓我們繼續共同經營這家公司，同時擁有愛與理想。

以上是我這些天來的感想，及一些想告訴妳的話。

當我用這股感恩的正向能量來思考問題時，我發現我不再沉湎於過去夫妻間不堪的情境中，也不再怨懟他對婚姻的不忠。雖然我對先生的背叛不能說不心痛或是不在意，但是我重新檢視了他過去對我所說的話、所寫的信，以及我們之間個性、人生閱歷的不同，出生環境背景的差異。他自幼父親受刺激發瘋，母親離家出走，跟著阿公長大；後來母親再嫁，他投靠母親，但是繼父並不視他如己出，經常欺辱他。在這種環境下成長的孩子，內心所承受的壓力，以及長時間的性格扭曲，不是一個出生在正常家庭環境的人能夠理解的，因此我們夫妻會走到今天這個地步，其來有自。

望著夜空中閃閃放光明的星星，我的心一片沉靜清明，我知道明天依然會是個晴朗好天氣。我謝謝他終於還是明白我對他的好，只是時不我予。

第19章 做真實的人，不做爛好人

「林董事長，我多次到妳公司，妳都不接見，限妳這個月底匯錢給我，否則我將不惜一切破壞妳公司，絕對讓妳好看。」

這是我連日接獲多封的恐嚇信，當我回想起「四六九」這個曾讓我的生命痛苦不堪，也不願回顧的老男人，不禁驚懼惶恐得全身發抖，那是三十多年前經歷的事。

當年我為了脫離貧困的農村生活，希望在臺北大都會賺一些錢寄給父母親，改善他們的生活，隻身來到臺北打拚。一個二十歲不到的女孩子，人生地不熟，能做些什麼工作呢？

爸爸不放心，到處託人照顧我。有一度，因為我長得還不錯，人緣又好，歌喉又不錯，叔叔伯伯們就建議爸爸，應該送我去學唱歌，當歌星。為了學唱歌，我寄住在親戚家裡，每天早出晚歸，很用心地學唱歌、學習音樂，希望有出人頭地的一天。

親戚中，有位大嫂的妹妹的老公，我們都叫他「四六九」阿伯。我當時年幼無知，一直當他是父執輩，對他沒有任何設防心。他那時也已婚，有好幾個孩子了。我碰到他時，就點頭打聲招呼：「阿伯好。」從來沒有跟他多說一句話，誰知道五十多歲的他早就對我的年輕美色垂涎已久。

有一天晚上，我練完歌回到他們家。一進門，發現親戚一家人都出去，只有這位「四六九」阿伯。我告訴他，大嫂的妹妹帶小孩出門了，要一會兒才回來。他很和善的問我：「吃過飯了嗎？喝個飲料吧！」我在無奈之下只好陪他聊天，誰知道他竟然趁我不設防時，把迷藥放在我的飲料中，就這樣糊里糊塗被他強暴了。事後，他多次恐嚇我，不得告訴任何人，還一再對我施暴。當時，我年輕無知，無法反抗，也害怕親戚知道後若是告訴爸爸，將會引來更大的風暴，增添更多麻煩。就在這種姑息隱忍之下，我成為他予取予求的禁臠，任他糟蹋擺布。

當我發現自己竟然懷孕時，那種手足無措的驚恐，就像在為爸媽爭口氣、出人頭地的希望裡，放置了一顆爆破彈，隨時隨地要置我於死地。我的懷孕最先被親戚太太發現，他們相當自責。但是紙包不住火，爸媽也知道了，爸爸老淚縱橫，女兒竟然被一個跟他年紀不相上下，又有家室的男人給糟蹋了，不禁難過的說：「女兒啊，爸爸對不起妳，讓妳受委屈了。」這場景至今已經三十多年了，爸爸說的那句話猶言在耳，每當回想起來，我的心都是揪結的。

當年墮胎是違法的，而且醫學沒有現在如此進步，手術非常危險。爸爸基於無奈，只好告訴我：「女兒，孩子是無辜的，把他生下來吧，就當是為爸爸生下的孫子吧。我們會好好教養他的。」我咬著牙，在爸媽艱苦吞忍的情愫下，接受了現實，但內心卻是相當矛盾的，一個不是出於自願而是被強暴懷下來的孩子，一個是傷害我，讓我的人生由彩色變成灰色的老男人，我怎能不痛心疾首呢？我曾經一度想以自殺了脫此生，當被爸爸發現時，爸爸竟然痛苦地吶喊：「妳如果自殺死了，我一定會去殺了那男人，然後我再自我了斷。」

我在這種不甘願的心情下，生下了一個白白胖胖的男孩子，由爸媽全心幫我照顧他。我也改變生活，開餐廳努力賺錢教養孩子，並為了躲避「四六九」死老猴這個老男人的需索追逐，帶著孩子四處流浪。只要一被他找到，我第二天立刻將餐廳關掉走人。三十年來，這孩子完全由我獨力辛苦撫養長大，這老男人沒有盡到一分一毫為人之父的責任。隨著「四六九」逐漸老去，我的努力打拚讓企業在社會上逐漸有了口碑，而「四六九」在媒體上發現了我事業經營有成，開始寄信及打電話來公司，以要求見孩子為藉口，行他索求金錢的目的。他想我是一個心腸很軟的人，一定禁不起他的百般討索及恐嚇威脅。

剛開始，我的企業正蒸蒸日上，也想息事寧人，用錢打發他走就好。而且我為人處世一向寬容大度，也不願這種陳年往事重新被提起。沒想到，他食髓知味後變本加厲，年年來要錢，月月來討錢，討不成就三番兩次的要脅恐嚇，甚至還不惜誹謗我的名節，揚言要誣告公司。我曾經為了怕他來公司騷擾，特別在公司裝設保全系統，讓他無法順利進來，他就天天打電話來鬧。在二〇〇六年，我因為難以忍受他無窮盡的恐嚇需索，而給他一筆五十萬元的贈金，並請他立下同意書，承諾自即日起不再來需索。然而，當他把錢花光後，竟又再來恐嚇勒索。

我一介女子靠自己的力量，才有今天的成就。因為曾經罹患重症，好不容易才脫離死亡，從此對人生改觀，才會為了息事寧人，也憐憫他一大把年紀，而一再容忍「四六九」的需索，甚至在公司經營最困頓的時候，還每個月付兩萬元的生活費給他。

因為我想要做一個能體貼他人的好人，所以沒有打開內心深處的傷疤，要求這位當年強暴我的「四六九」先生，對當年迷姦我、毀了我的青春歲月的事來向我道歉。但是好心沒好報，我一再寬容的爛好人做法，得不到應有的尊重，結果只換來他得寸進尺、毫無人性的勒索我，甚至一再威脅要破壞公司信譽，孰忍孰不能忍？

現在的我不願再做個濫好人了。為了公司的永續經營，為了公司所有同仁的生計，為了我個人的清譽，也為我這一生的努力，求取公平與正義，我提出控訴。因為我終於明白，要做個好人的前提，就是要先做個真實的人。

第20章 女人何苦為難女人

女人何苦為難女人
我們一樣有最脆弱的靈魂
世界男子已經太會傷人
你怎麼忍心再給我傷痕

女人何苦為難女人
我們一樣為愛顛簸在紅塵
飄忽情緣總是太作弄人
我滿懷委屈卻提不起恨
我無力再爭

只覺得失落的好深
男人該說話的時候　總是無聲

——辛曉琪歌曲〈女人何苦為難女人〉（作詞：姚若龍）

這是辛曉琪的〈女人何苦為難女人〉歌詞。每次一聽到這首歌，心情就湧現無限的感傷。

我的前夫在我們的婚姻裡總共擁有六個女人，而且這些女人都是我身邊的親信，從當時的祕書、管家、助理、出納、會計、業務部、物流處，到我們在日本僱用的日語老師，幾乎都在我前夫的「圍城計畫」中插一角。這個計畫就是將我的公司掏空，她們圍繞著這個男人，希望得到他愛的承諾或金錢上的應允，所以彼此間相互配合牽制，每位女子都認為：「我為他付出最多，他最愛的是我。」在這種爾虞我詐的恐怖平衡下，這些女子竟然都忘記了歌詞中的「女人何苦為難女人，我們一樣為愛顛簸在紅塵，飄忽情緣總是太作弄人……」

前夫的桃色事件之所以會被揭發，完全是因為這些女子之間擺不平，給前祕書買樓買房的金錢特別多；或是給日語老師的愛及金錢最多，因為她已為他生子……其他人自然無法心服口服。平常他給這些女子生活費，但是承諾要分的金錢卻不平均，自然會窩裡反，或是彼此間為了誰多受到前夫總裁的關愛眼神較多，而相互吃起飛醋，找人去「抓猴」。

東窗事發的那一天，我招待許多產品愛用貴賓到日本旅行，並參訪日本的工廠。

在準備出發前往日本時，我的前祕書忽然出現，並暗示了我一些事。我心想，她為什麼要告訴我這些事？事後才知道，她沒有從前夫那裡得到他所承諾的金錢，因妒生恨，決定透露前夫與日語老師的關係。當時我很沉住氣，裝作不相信有此事，等抵達日本時，應該會真相大白。

前夫知道我丟不起臉，也明白這次專程邀請忠誠愛用者來，就是要讓他們親眼看見工廠在日本利用太空艙技術冷凍乾燥有機栽種素材及JAS有機認證工廠的運作情形，絕對不能開天窗的。當我質問他時，他大辣辣地說：「想鬧嗎？我明天就停工不開機，讓這些愛用者看不到妳說的運作情形。」

我真的傻眼了，想想我們不是夫妻，不是共同經營這公司嗎？他為什麼要拆我的臺呢？我們之間有如此大的深仇舊恨嗎？我真的無法理解？

他又說：「要開機可以，妳要當場跟我及你懷疑的這些森田老師，下跪道歉。」他知道我是重誠信、愛面子的，為了公司會顧全大局，不讓愛用貴賓們覺得奇怪。在這種情況下，即使我知道這些女子可能與前夫有關係，尤其對日語老師更是關心，也只能摸著鼻子裝呆妥協，跪在他們面前道歉表示：「是我誤會你們了，請原諒我吧。」

還有一次，我與隨行人員再次出發至日本，而前祕書早已自行安排搭乘同班班機，待前夫來接機時，看到前祕書也出現在機場，他大概了解大勢已去，惡行即將敗露。後來，聽他們對話早已生有孩子了，對我而言真是晴天霹靂，在回工廠的路上，兩人還在街上摟摟抱抱，根本沒有把我這個人放在眼裡，讓我對人的信心完全被打敗，心裡直滴血，忍不住想：我待這些屬下親信都不薄，同樣都是女人，她們為什麼要為難我？她們也有家庭和孩子，沒想過最後會兩敗俱傷嗎？

侯小姐說他已無法忍受這樣的日本女人，如前夫與日語老師一塊從日本搭同班機來臺灣，一起住在公司隔壁的飯店，或是前夫到大陸出遊時，還會帶著日語老師一起搭頭等艙，回到台灣時間只有三天而已，到底是在宣示他們至死不渝的愛，還是在洗錢呢？

還記得幾年前我不小心流產了，晚上突然肚子劇痛，請他陪我去醫院，他竟拒絕說：「我想睡覺，妳自己去。」他還說：「妳很會折騰人，竟然選在半夜肚子痛。」有時他應酬結束，半夜一、二點還帶朋友回家，並支使我起床為他煮宵夜，招呼他朋友。我到日本出差時，因時間有限，為了視察有機園地狀況，必須早上四、五點起床梳洗化妝，而他竟然要求我馬上為他煮一碗鮑魚粥，但粥煮好了，又嫌粥太燙而不吃，揚長而去。真是會折磨人。

他讓這些女人為了討男人歡心或為金錢利益，彼此間相互磨難撻伐，真是難為女人了。

會為難其他女人的類型

為什麼女人會為難其他女人？根據心理學專家的分析，男女畢竟有所不同，男人是很實際的動物，為了求生存，其本能就是在現實利益上，男人之間可以彼此稱兄道弟，連相好的女人都可以為了兄弟義氣而轉讓，毫不吝惜；只有在利益上構成威脅衝突時，才會為了爭地盤，不惜生死相鬥。而女人就不同了，女人原本就是以感情出發，為了討好一個男人，會勇於面對另一個女人的威脅。

男人是以獲得利益上來證明自己的能力，而女人的心態卻剛好相反，是透過與自己熟悉或同類型女人間的爭鬥較勁，獲得心儀男人的青睞，才覺得勝利並沾沾自喜。因此不難發現，一些有手段、有心機的女人，註定會得罪另一些不想玩這種爭奪遊戲的女人，自然就會造成女人何苦為難女人的局面來。

分析這幾種女人的特質，讓女性朋友們有所認識，而能事前了解防備，減輕事後不必要的痛苦心情。

A型特質：總覺得自己比別人美麗

我有一位長得相當漂亮美麗的女朋友，我和她的打扮風格完全不同，她是一位跟隨時尚流行風的女子。在那個社會風氣還很保守的年代裡，她經常和男朋友出入高級酒吧飯店或是逛精品名牌店。我在她眼中幾乎算是老土，所以她經常會帶著我逛百貨公司，幫我出主意。無論是買衣服、皮件，或是各種穿搭飾品，在她的指點下，我照單全收。那時，只要她說：「妳穿這件衣服很適合。」我不敢說不好，即使我不見得喜歡，也不敢說不。隨著時間流轉，我的眼界在她的帶領下逐漸打開，學會了化妝及打扮搭配的竅門，也知道什麼適合自己，哪些不適合自己。漸漸的，我開始依照自己的想法穿戴衣飾，她頗不能接受，每次都露出瞧不起的神色說：「很難看耶！為什麼不買我說的那一件？」

漸漸的，她不再約我逛街採購衣物了。事後我回想起來，她是占有慾很強的人，我必須聽她的指使，我們的友誼才能長久。一旦我覺醒了，她覺得我不再是弱勢，不願再做讓她更出色顯眼的幫襯角色時，就立刻失聯，不再與我相見。這就是女人間的戰爭，縱使妳有萬千個理由，都不能比她強。

B型特質：專拉好友當陪襯

瑪莉和馨迪是大學同學，瑪莉的功課雖然不是頂尖，但是家境很優渥；而馨迪的出身背景、功課、人緣都不是一流的，跟瑪莉相較之下，幾乎都輸給瑪莉。但是兩人很有緣，經常玩在一起，感情也很好。後來雙方都大學畢業了，各自成家立業，彼此間還經常連絡。

後來，瑪莉因丈夫外遇而痛苦不已，經常向馨迪傾吐心事。馨迪為了幫好友消氣，更不惜痛批瑪莉丈夫的不是。

但是，忽然有一天，瑪莉不再和馨迪聯絡。馨迪打電話相詢，瑪莉都是冷漠待之，讓馨迪非常不解。後來聽一位了解內情的人告知，馨迪才知道瑪莉在家世背景及工作成就上都比馨迪好，但是在處理感情上缺少馨迪的ＥＱ。瑪莉在好勝心的驅使下，不希望情感上的失落成為馨迪的笑柄，因此不願再和馨迪聯絡。

原來「心理競爭欲望非常強的女人，是無法容忍感情這方面，尤其是被先生或愛人甩掉的失落感。因為情感上的失落就是否決了女人的一切，她們輸不起。」

事實上，當瑪莉不再找馨迪傾訴時，就已經傳遞出女人在情感上輸不起的資訊了。馨迪應該明白，自己的好意安慰在瑪莉的心中只會解讀為：「妳是不懷好意，存心想看我笑話，讓我出醜的！」

一個女人經常把另一個女人視為自己的附屬品或陪襯物，自然，陪襯的女人絕對永遠不能超過她。

C型特質：辦公室內的「無影」敵人

兩個女人在辦公室工作，由於彼此間的競爭心理因素，所面臨的「無影」人是相當殘酷的。

不知道為什麼在這個世界上總有些女人會視其他女人為敵。

阿美總是來問我：「為什麼業務總經理小紅很討厭我？我很認真耶。」阿美工作認真，對客戶的服務很周到，卻總是搞不清楚為什麼小紅總經理會對她產生敵視。

我分析的結果是：一位極愛出風頭、好邀功，愛說人家長短事，又喜歡吹噓的女人，在職場工作領域中，尤其是女性主管，怎麼會重視這種類型的女人呢？這種女人只有無盡的虛榮心，因為有小紅主管的存在，讓她在心態上受到嚴重的挫折。男人可以為了證明自己有價值，努力追求美好未來。但是，女人的價值來自和身邊其他女人們的較勁，如果其他女人都比不上她，她很快地就發現無從展現自己的價值。

有人說：「一個女人的存在，會對另一個女人造成威脅。」女人會以語言、行動來貶低辦公室「無影」的女人，並攻擊她，來證明自己身為女人的厲害。

所以當自己看起來比別人更優秀時，一定要預想到女人的心思，知道自己的優勢有可能會讓另一個女人產生沮喪和自卑。在女人與女人的戰爭要開始之前，趕快以了解及照顧女人的心態去做調整改變。

根據心理學家的理解，「出手攻擊是處於劣勢者的一種防衛心態。」所以，女人向女人示弱是無濟於事的。因為你的示弱看在另一個女人眼裡，還是會被解讀成是對她的變相嘲弄。

如果不想和這樣的女人追逐對抗下去，同時也想讓她停止對自己的攻擊，唯一的辦法就是故意在她面前暴露出自己的某些缺陷，讓對方獲得某些心態上的平衡，自然她就會死心離妳而去，不再把妳拉入女人之間的戰鬥行列了。

第21章 當小三是被哄出來的

很多人在婚姻上出現問題，除了一些主客觀因素外，小三的介入也是原因之一。從我慘痛的婚姻經歷，以及眾多周遭女朋友們的婚姻經歷裡分析，我深深體會出：「小三之所以會坐大，完全是被男人哄出來的。」且這些女人將情感深陷在三人行的泥沼中，還會一往情深，無悔地為男人付出其青春及肉體。事實上，往往在她們樂於付出一切情感時，都失去了保有一絲絲理智的警覺。

下面的一些建議，是我慘痛教訓所換來的經驗之談，希望藉此讓這些已成為小三，或是還在徘迴要不要做小三的矛盾掙扎情緒中的女人，看清這些男人所布下的情網陷阱。不要讓他們的甜如蜜的謊言迷惑了妳們，擦亮妳們的雙眼吧！

男人經常會說的話如下：

1. 我跟妻子很難溝通，她強勢又跋扈。

經常以此為託辭，藉著活得很痛苦，來博取女人的同情心。雖然他確實很痛苦，但是他的痛苦是還無法掌握住妳的心。要小心經常把不幸福的責任推給妻子的男人。

2. 雖然我無法許妳一個未來，但我是真心愛妳的。

沒有未來的愛情，你還要跟他乾耗嗎？青春是不等人的，還是快快懸崖勒馬吧！

3. 妳是我見過最美麗、聰明、可愛大方的女孩。

甜言蜜語誰都會說，小心別被他的溢美之詞給沖昏了頭。記著，他在對妳說這句話之前，已不知對他妻子說過幾百遍啦！

4. 對於妳的誘惑魅力，我抵擋不了。

這口吻是已婚男人、情場老手最擅長打動小三的高招，他們真是得了便宜還賣乖。清醒吧，女孩們，如果妳還是位戀愛新手，當心妳不是他們的對手，妳玩不過他們的。

5. 請再給我一點時間，妻子那邊我會處理的。

有時，男人被女人逼急了，都會以「再給我一點時間」來解決問題為藉口，像是「等我拿到妻子的錢，我們就遠走高飛」等等，千萬別被這種拖延戰術給騙了。

「一點時間」在乍聽之下好像很短，但有時一等可能會等上十年八載的，甚至是妳的一生。聰明的女人，快閃人吧。

6. 別緊張，我只想和妳聊聊天

女人千萬別以為自己很有定力，不會被男人支使。當心在妳對他沒有設防後，「上賓館聊聊天，等一下送妳回去。別擔心，我又不會把妳吃掉。」澎湃激越的性愛荷爾蒙，加上情場老手高超的挑逗經驗，一場孽緣可能就此誕生啦。

7. 別擔心懷孕，我會娶妳的。

上床沒問題，我有保護措施，萬一懷孕的話，我就把妳娶回家。天啦，他要怎麼娶妳？租間小房子將妳養在深閨，見不得人嗎？想清楚，最後你會發現，他永遠不會娶妳，而他的家花可是孩子一個又一個接著生。當妳發覺這對妳不公平時，不是已經太晚了嗎？

8. 對不起，我的圍城計畫失敗。

當男人無法承諾當初開給小三的條件時，他只會說聲：「對不起，請原諒我。」然後拍拍屁股走人。不管妳心裡接不接受，都於事無補，頂多罵他兩聲無恥，但又有何用呢？

畢竟，沒有更好的辦法可以彌補了。

請洞悉男人最擅長的謊言，不要再被哄當小三了。這碗飯很難下嚥的。切記切記。

【愛的叮嚀】

因為我了解小三們的盲點，所以我無法以道德的眼光去批判她們，而是以同理心去對待她們的想法，也讓自己在情傷中懂得放寬心，懂得如何捨棄難捨的情恨，才能揮灑自如。關關難關難過，但也只能關關過。

第22章　江蕙的臺語歌療癒了我

「明明是我最親密的人，為何總是傷我最深的人？」

「夫妻之間究竟有多大的深仇怨恨？說分手就分手，還了無瓜葛？」

「眾叛親離的苦楚，在這樣的親情關係裡我們還剩下什麼呢？誰來幫我面對這麼多的人生難題呢？……」

在我飽經愛情婚姻失落的傷口之痛時，內心有許多說不出口的心痛和哀傷情愫，同時還會在內心深處不斷地質問自己。我很明白，「其實，我的心早已是傷痕累累了。」

究竟我們要如何面對這些難以承受、令人掙扎萬分的痛苦呢？我的方法是每天從早到晚都聽江蕙的臺語歌。她的歌曲委婉動人，是情傷時最好的療癒歌曲。此外，閩南語的歌曲創作是有其閩南文化的背景，要很用心才能體會出它的韻味，感受歌曲中的痛苦、坎坷、無奈、悲傷，選擇迎面而對，不用工作忙碌而逃避，唯有讓心情更加疼痛，才能真正療癒悲傷。分享幾首最能讓我得到療癒效果的歌，也是我經常聆聽的歌曲，每一首都曾伴隨我走過心傷之旅。

落雨聲　哪親像一條歌
誰知影　阮越頭嘸敢聽
異鄉的我　一個人起畏寒　寂寞的雨聲　捶阮心肝

人孤單　像斷翅的鳥隻
飛袂行　咁講是阮的命
故鄉的山　永遠攏站置遐　阮的心晟只有講乎山來聽

來到故鄉的海岸　景色猶原攏總無變化
當初離開是為啥　你若問阮阮心肝就疼
你若欲友孝世大嘸免等好額　世間有阿母惜的囝仔尚好命
嘸通等成功欲來接阿母住　阿母啊　已經無置遐

你若欲友孝世大嘸免等好額　世間有阿母惜的囝仔尚好命
出社會走闖塊甲人拼輸贏　為著啥　家己嘸知影
你若欲友孝世大嘸免等好額　世間有阿母惜的囝仔尚好命
嘸通等成功欲來接阿母住　阿母啊　已經無置遐　哭出聲　無人惜命命

——江蕙歌曲〈落雨聲〉（作詞：方文山）

江蕙所唱的歌，不管是歌詞或旋律，都能帶領我進入過往的種種歷程，從在成長過程中的點點滴滴、年輕時相戀相愛的甜蜜歲月、生病就醫走過死亡幽谷、奮戰重生痊癒的故事，以及面對親人間的生老病死、事業從慘澹經營到蒸蒸日上，到婚姻質變夫妻情途陌路，這中間的喜怒哀樂、愛恨情仇等等。人生一路走來是一份責任呢？還是一份寬容呢？或終究是一場無奈呢？每每聽到江蕙娓娓道來的、纏綿悱惻的歌聲，心就感覺好寬闊、好舒服，各種恩恩怨怨頓時化作海闊天空，晴空萬里。

江蕙的其他歌曲，諸如〈落雨聲〉、〈炮仔聲〉、〈家後〉、〈紅線〉、〈斷腸詩〉、〈傷心酒店、〉〈女人的故事〉、〈心狠手辣〉、〈夢中的情話〉、〈美麗的交替〉、〈返來我身邊〉、〈藝界人生〉、〈無言花、〈酒後的心聲〉、〈愛不對人〉、〈傷心酒店、〈愛到袂凍愛〉、〈感情放一邊〉、〈愛我三分鐘〉、〈等待舞伴〉……每一首都是膾炙人口。希望大家多多欣賞，她的歌聲總能讓我離苦得樂。

另一首龍千玉唱的〈風中的玫瑰〉、也讓我百聽不倦，每當我跟著歌輕輕唱和時，心中的不平怨懟都化解了。

無情的風雄雄來吹起
多情的雨可比目屎滴
黑白的過去　阮也心麻痺
孤單的日子也慣習

夢若醒　情袂纏
不免為愛來吃虧
心若死　愛也碎
阮一個人免安慰

啊　風中的玫瑰
慢慢仔開　恬恬仔美
頭頂猶原一片天

——龍千玉歌曲〈風中的玫瑰〉（作詞：張錦華）

透過這些閩南語優美的旋律歌曲，讓我對愛情、親情等各種感情重新有所領悟。「只要我們在愛的擁有中，真正承認自己的脆弱，先從饒恕自己、讓自己好過開始改變，再透過音樂療癒傷痛，就能得到無比的救贖，並充分學習到情感的成長和昇華」

我用更大的博愛觀念和成全他人美好的心念，以及同理心相對，才能將夫妻間並不美好的這段關係轉化成淡定的情緒，讓自己得到更多的寬容，才能安然走過情傷之路。

我選擇善良、不是我軟弱、因為我明白善良才是本性！為人不能惡、若是惡心、相信必遭報應。我選擇忍讓、不是我

退縮、因為我明白！忍一忍！會風平浪靜！讓一讓！會海闊天空！我選擇寬恕！不是我怯弱、因為我明白寬恕、是美德！美德是一種修養！美德沒有錯！

我選擇糊塗、不是我真的糊塗、當面對誤解！委屈和不公正時！只是我不願計較、進而以氣度應對！雖然糊塗！但用快樂來看待著世態！我選擇原諒！不是我沒原則、因為我明白得饒人且饒人、不能把事做太絕了。我選擇真誠是因為我有話直說、因我明白、虛偽的奉承是應付、而忠言逆耳是負責、我是重情義之人、不是我太執着！因為我總是想著與朋友相處美好的時光、無法割捨那份難得的緣份和情誼！不該掩飾內心的情感！因為我明白欺騙沒用好下場！背叛沒有好結果！

我選擇厚道、不是因為我笨拙、因為我明白、厚德能愛戴萬物、唯有助人才能使自己快樂！今生不管如何活著！是快樂的！是痛苦的！是貧困的！是富有的！其實都是最具有意義的！一生！也值得自豪的一生、也是值得珍惜的一生！那則稱為人生！無論什麼樣的人生！加油吧！

療癒篇

買一張幸福入場券

第23章 接納愛的「不公平」瑕疵

每個女人都想在婚姻中追求到幸福、美滿、甜蜜，希望兩人永不變心、永不分離，但是可能嗎？如果好姊妹們覺得妳就是能擁有這些的人，那真的要恭喜妳了，因為妳很幸運。婚姻中更多的是衣食住行上的瑣碎事物、沒完沒了的爭吵，以及一成不變的規律無趣生活。事實上，還有一件事，是最難讓女人接納的，就是在婚姻裡的瑕疵——不公平。

有些時候，我很想盡些為人妻子的本分，提醒或分擔前夫在工作上沒有思考到而造成煩惱的問題，但是他不但不接受，還沒心沒肺地回了一句：「妳少對我做的事指手畫腳，我最討厭像妳這種頤指氣使的女人。」

當然，做丈夫的同樣也有滿腹委屈要說，就如明明是在公司加班晚歸，妻子卻懷疑他是不是和女朋友去約會；明明是打從心坎裡想買一個好禮物送給妻子，卻被妻子懷疑是不是做了什麼「虧心事」的補償心態。這些都是婚姻中經常會發生的，我們稱之為愛的「不公平」瑕疵事件。

這些事件別說是要那一方照單接納，就是要對方多忍讓一下，我想都是很困難的。

我們都是有血有肉的人，面對這些不公平瑕疵問題時，一定都是非常憤怒地大發雷霆，隨後大吵一架爭個你贏我輸，才肯偃旗息鼓？如此，婚姻中雙方累積下來的不公平瑕疵越來越多，怨懟也會日積月累，最後就是分道揚鑣。

要如何化解這類的問題呢？最好的方式是：

(1)將心比心換個角度想，只要將對枕邊人的愛，當成對父母、子女般無怨無悔的、親密關係的愛，去包容對方，我們的心就會減少許多「不公平」的感覺，即便是有一些些不公平的感覺，也會很快就消失。

(2)養成多坦言溝通的習慣，那麼當這些「不公平」事件出現時，就不會有委屈、氣憤、不平的情緒。

就像我覺得前夫那麼不懂事，我要搭機出差了，他卻硬要我燉煮粥，我煮好了，他又嫌東嫌西，不吃了。如果我們平常有溝通的習慣，我就知道他也許不捨我又要出門十天半個月，他在耍小孩子脾氣，希望我多多關心他。另外，前夫如果能換個想法，知道我出差是為了公事，燉煮的粥雖然燙了一些，但畢竟是我花了很多心思，表達我對他獨守空閨半個月的內疚，而做的愛意滿滿的粥，能夠心存感謝，那麼我們雙方之間愛的「不公平」感覺，不就雲消霧散了嗎？

這是我在情傷後深刻反省自己，所得到的寶貴經驗。希望大家都能在遇到婚姻困境時，轉個彎、換個想法，就能海闊天空了。

只要你能接納愛的「不公平」瑕疵，就會覺得自己是很幸福的。

【女孩的遺言】

這是一則相當感人又發人深省的故事。

一位躺病床上的少年，當他醒來大開雙眼，突然大叫：「天啊！我怎麼什麼都看不見？」隔壁病床傳來一位小女孩怯生生的聲音：「大哥哥，不要怕！醫生說你眼睛被棒球打到，可能失明了。」少年很傷心，但是這位小女孩不停的鼓勵他，漸漸地他們成為真心的好朋友。

直到有一天，少年醒來呼喚女孩的名字，卻再也沒人回應他，他心想那女孩可能已經出院回家了。幾個月後少年接獲醫院通知，說有人捐贈眼角膜給他；在動完手術的一天後，少年收到一封信，信裡只寫了一句話：「大哥哥，這輩子我無法做你老婆，但是可以做你的眼睛。」原來那女孩已因癌症而過世了，少年不禁淚流滿面。

因為女孩無私的愛，而長留人間，不但幫助一位失明的少年，還將愛的力量綿延傳出去，這是一份可貴的愛的禮物。

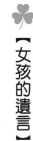

第24章 八招走出情傷自救法

婚變並不是我人生中唯一的困境，從二十歲北上來臺北所遭遇的種種情傷痛苦，創業過程中遇到的瓶頸困頓，甚至在二〇〇〇年罹患腦瘤，在生死一線牽的鬼門關走一遭，這場突如其來的大病，讓我徘徊在生死門間，也體會到人生無常的遺憾，在一夕之間，美夢、健康、財富、婚姻、親情、子女，全都成為過眼雲煙、泡沫幻影。

當我在與死神交戰之際，父親與兄長竟然在一個月內相繼過世。而失去親人的傷痛還未撫平時，婚姻又出現第三者來攪局。當時我真的無法相信，宛如連續劇般的悲慘情節故事，居然會發生在自己的身上，那一瞬間，我幾乎要崩潰了！

雖然我一度沒有勇氣活下去，考慮自殺，心想就算病體恢復了，又有什麼意義呢？親愛的爸爸和哥哥已離開人世，丈夫又背叛了我，我最看重的家庭親情和婚姻情愛幾乎都落空，而自己又在瀕臨生死的交關口，對於活著這件事，真覺得是一種奢侈和無奈。

我們都很清楚，人生在世不可能一帆風順，總會有失意落寞的時候，諸如事業上的挫折、家庭親子夫妻間的矛盾和人際關係上的衝突等等，這些都是經常會碰到的。如果沒有人及時出面疏導，或是自己沒有強烈的信念，隨時注意調整及發洩，將導致內心產生矛盾衝突，使自己陷入憂鬱、恐懼、焦慮、悲痛等心理困境中，無法走出一條活路來，對身心健康都會有極大的傷害。

此時，依靠好朋友們的相互扶持，或是心理醫師開導，都是很重要的，但真正的關鍵，還是要靠突破心理困境的自救方法，才能解救自己，幫助自己破繭而出。

但願以下這八種自救法，能為大家帶來一些幫助。

1. 信心加持法

經常對自己做信心喊話，每天一大早從起床開始，就進行信心喊話，如同軍人一樣增強「保家衛國」的信念，我的喊話內容有：「不要為此人傷心難過，要勇敢站起來。」「從哪裡跌倒，就從哪裡站起來。」「我輸得起，我不需讓別人看好戲。」起初一邊喊話一邊生氣，但經過多次的信心喊話加持後，我發現可以大大紓解我的不滿及憤怒，漸漸地轉為平和無怨。

2. 時間療癒法

心裡感覺不爽時，偶爾抱怨發洩一下，是很必要的。但是無休止的抱怨，只會增加更多的煩惱。抱怨是一種致命的消極心態，應該要設定情傷療癒時間表，幫助自己走出情愛困境。

我告訴自己，「再怎麼痛苦都會過去的，我現在已是一個自由的人，不再受困於情愛牢籠，我應該要為我所愛的一切盡能力所及，付出一切，不再拿我的愛當遊戲了。」

然後，我將療癒愛情時間表設定在短短的十五天內，要在這段時間內走出愛的煎熬，勇於向舊愛說再見。

方法是：

(1) 每天用筆記本記下今天的心情如何。若是開心，就替自己畫個紅太陽鼓勵一下自己。若是心情低落，就畫個笑臉的娃娃頭來安慰自己，並寫下不快樂的理由。

(2) 強迫自己每天都要有比前一天更好的信念。

果然十五天後，我就完成了療癒情感的功課，重新振作起來，不再頹喪。

3. 轉念安慰法

經常我們看見朋友受到委屈時，都會說：「想開一點吧！」這句話就帶有一些自我安慰的話語。雖然說起來很容易，要實踐卻很不容易的，必須常常以阿Q精神來自我調侃，為自己找一份理所當然的合理「自圓其說」法。「沒關係，少了他之後，我更能放手一搏。過去因他的阻止而不能做的事，全都可以去做。能夠完成自己的夢想，有什麼不好呢？」很多事情只要換一個角度來看，不難發現另一層積極面，我們常說「塞翁失馬，焉知非福」、「失之東偶，收之桑榆」，就是一種自我安慰法。

曾經在我罹患腦瘤期間，我的一個轉念：「心願未了，責任未盡，豈能一死百了？」之後就開始認真面對病魔，找到最天然的湯汁來進行食療，並開創出一片與五色蔬菜共舞的健康志業來。

4. 創造被需要法

我知道公司有很多同仁需要我，也有愛用者需要我，他們紛紛打電話鼓勵我、安慰我：「董事長，妳不能倒下去，我們需要妳。」我每天告訴自己，過去的已經一去不復返了，再怎麼悔恨也是無濟於事。

用心做好當下可以做的事，如結交新的好朋友、辦演講活動、開發新產品、為公司產品找出好的通路，為這些事情忙碌時，都能夠讓自己改變心情，感覺美好的未來生活正在前方等待著我。

既然無法改變別人的看法，只有改變自己才是最快、最省事、最好的選擇。如果我們能放棄怨恨和歎息，美好生活就唾手可得。

你們相信嗎？在這段時間裡，我辦了好幾場大型的全省巡迴演講活動，尤其是在臺北市國父紀念館的演講，人山人海擠得滿滿的，連臺階上都坐滿了來捧場的人。許多好朋友都來為我打氣加油，支持我的重新再出發，給我很大的鼓舞，讓我感動不已。

為了開發更多新產品，我到日本學做餅乾，希望為生病的朋友創造一些既能養生又能滿足口腹之慾的各種口味蔬菜餅乾。從不懂機器操作到學會如何開機運作，還有如何做出可口養生的手工餅乾、水果如何研磨成粉等等，我全心投入地積極開發，總共研發了三、四十種新產品。同時，我還到國內外各地百貨公司及大賣場尋找新通路。忙碌的收穫，就是提升自己的價值感和成就感，不再自艾自怨自憐。

5. 多愛自己法

在生活中，我們常常被要求要愛別人，卻很少被教導要多愛愛自己。為了贏得更多他人的愛，於是改變自己，讓自己成為他人眼中的可愛之人，並因此感到無比的快樂；而當我們無法滿足他人的期待時，就會感覺失望、悲傷和痛苦。

為什麼不做一些改變呢？與其期待別人施捨的愛，不如做一個愛自己的人。

愛自己的方法有下列幾點：

(1) 注意打扮。以前我為了尊重丈夫的感受，從來不敢穿一些比較性感的衣服、短裙和高跟鞋。現在可以選擇自己喜歡的短裙來穿，再套上高跟鞋，顯得更年輕有朝氣、更漂亮，一點都沒有「失婚」的頹喪之氣。

(2) 換髮型，做個百變女郎。過去我不敢嘗試中分髮型，現在也願意試試看。新造型的效果很不錯，讓人感覺到我像是正在談戀愛的小女子般。

(3) 天天喝蔬菜湯、發芽玄米精華湯汁及高單位90%有機褐藻醣膠。為了身體健康，我每天規劃了一個「殺菌時間」來喝這些飲品，它們可以強化體內細胞，在極短的時間內修復再生細胞，進而讓人安神定心，把心理和生理上的壞細菌統統殺光光，讓自己的精神充滿了自由的氛圍中。

(4) 天天進行自我催眠術。告訴自己：「我愛我自己也要愛別人，進而要如何被愛，我喜歡現在的我！」在催眠自己的時候，會有一種曾經被愛過、被信任過的感覺，這綿延不絕的感覺將會幫我們喚醒對自己的那份愛。在經過幾次的催眠練習後，身體自然就會湧現一種興奮、滿足、堅定的感覺來。

6. 眼球減壓法

美國心理學家為一些經常飽受精神壓力所困的人，建議使用一種眼球減壓移動術（EMT）。根據實證發現，這種眼球運動每做一次，減壓效果就會增強一些。所以，大家有煩惱時，不妨試試看。

方法如下：

(1) 集中精神於讓自身感受到有壓力的事情上。
(2) 直到自己對所憂慮的事情無法忍受的程度達到六度以上（完全無法忍受的情況為十度）。
(3) 然後，保持頭部豎直不動，快速地轉動自己的雙眼眼球二十五下，再感受一下自己的受壓程度，是不是減緩了兩度。
(4) 再重複一次同樣的眼球運動，一直到壓力漸漸減緩，不再影響到自己的心情為止。

7. 泡澡紓壓法

在這段傷痛期間，我開始養成天天泡澡的習慣。一般泡澡的溫度最好以攝氏三十七、八度最恰當，時間以十至十五分鐘最佳；如果覺得太熱，也可以選擇溫水浴，溫度以攝氏二十五至三十七度較適合，可以舒緩並促進身體血液循環。在熱水浴之後，我會再沖攝氏十七至二十五度的冷水浴。

泡熱水浴可以讓身體出汗，排出大量廢物，加速血液流通，促進新陳代謝。而因熱水浴會造成血管擴張，因此我再進行沖大量冷水，使血管收縮。熱冷浴交替幾次後，可以增強皮膚和肌肉的彈性，防止鬆弛，還能預防血管硬化。

另一個優點就是，促使血液循環暢通，更有利於排除體內所囤積的脂肪和水分，就不會造成肥胖現象，一舉數得。此外，還可以改善我的失眠問題，舒緩我的情緒，助我好眠。

如果好姊妹們在冬天經常會手腳冰冷冷，不妨天天泡澡十五分鐘，有助於體質的改善。

8. 睡美容覺法

女人在二十多歲時，天天熬夜都不成問題，但是一過三十歲，只要偶爾熬夜加班，馬上就變成熊貓一隻，非得花上好長的時間，擦抹更多保養品，才能把黑眼圈給請走。

你聽過「睡好眠足以養人」這句話嗎？無法享受好眠的人，絕對沒有好氣色。想要美麗，就一定得睡得好。如何才能睡得好呢？

我的建議如下：

(1) 養成上床就是為了要睡覺的好習慣。

(2) 每天睡前十五分鐘，邊做深呼吸邊想像，如想像到喜歡的湖邊散步，享受陽光的撫摸，傾聽小鳥的鳴叫聲，讓自己置身在這個想像的世界中徹底放鬆自我，並在內心裡相信睡前面帶笑容，明天一定會更美好。

試試看，每次我不到十分鐘，就在這種愉快的想像中睡著了，解決了我多年的失眠老毛病。

第25章 少說消極的負能量話語

「我真是受不了。」「我真是沒用，被他拐了。」「太傻了啊！」「乾脆去死好了。」等等。當我們因情傷而痛苦，或是遇到不如意的事情時，總是會口出這些抱怨的惡言惡語。

小心喔，說多了這些自怨自艾的消極語言，不但得不到他人的同情，反而會打擊到自己原本可以站起來的信心。因為消極的念頭連帶會影響行為舉止上的消極，久而久之，生活會受到影響，逐漸步上消極負面的輪迴漩渦裡，無法自拔出來，這是很多女人的通病。

當你越是受負面能量的影響侵襲，往往不好的事情總是會接踵而來，從和愛人分手失戀了、丟掉工作沒收入了，到夫妻吵架互毆甚至離婚，都是我們的消極想法吸引來的。

佛家說：「見性成佛遙無期，見佛成佛一念間。」當我們起心動念有什麼想法，這個世界就會依據我們的願力而有什麼樣的世界。如果我們擁有正面想法，自然就會吸引正面能量，這種正面能量又會吸引擁有同類能量的事物，讓我們的人際關係、職場工作、家庭環境等，更加圓滿。

如何消除這些盤踞在我們生活上及心靈上的消極負面能量呢？專家建議我們可以利用睡前進行一種「心靈清運法」，這種方法簡單易學，能夠輕鬆消除心靈負能量。

1. 睡前先做深呼吸，全身放鬆，將一天的疲勞完全排除。
2. 檢視今天說過的話，是否都是負面的自怨自艾自憐、抱怨、責難他人的話語。
3. 如果有說過這些負能量話語，請在心中真誠地對自己說聲：「對不起，我說了這麼多負面的話。」
4. 告訴自己，從明天開始，要說積極鼓勵自己以及優雅溫潤的美好話語。

第26章 吃零食能療癒心情

你有吃零食的習慣嗎？有人說：「吃零食是一種生活，一種心情，一種樂趣。」你相信這個說法嗎？事實上，吃零食是在輕鬆、沒有壓力的氛圍下才會做的動作，如同呵欠要在放鬆懶散的情況下才會打一樣，如果在緊張、忙碌、驚嚇的狀況下，人是不可能打呵欠的。

專家認為，人生的快感很大一部分來自味覺，因此吃零食可以放鬆心情，紓緩壓力，也可以滿足人的「口齒留香」和不停咀嚼的願望，同時還可以鍛鍊臉部肌肉，讓肌肉線條更為圓潤美麗，難怪有美容專家笑稱：「不要拒絕零食的誘惑，它能讓你養顏美容呢！」

不要拒絕好的零食，只要你學會吃健康零食，就會發現這是一種享受人生的樂趣。

當心情沮喪時，我都用吃零食的方式來度過我的低潮困頓期。沒事的時候，我也會拿點零食放在嘴裡，品嚐零食的酸、甜、鹹、辣等不同口味，滿足放鬆的快慰，讓我很開心。

我是一位生過重病的人，很能體會罹癌患者沒有食慾的感覺，這會讓人連活下去的勁都消失了。為此，我到世界各地尋找可以滿足健康者在各種心情所需求的健康零食，並研發能滿足罹癌患者的口腹之欲且顧及身體承受力的養生零食，總共推出三、四十種可口美味的零食，贏得公司產品愛用者的嘖嘖稱奇和讚美。

在我多年的觀察發現，愛吃零食的人心性單純可愛、熱愛生命，生活上喜歡求新求變，充滿著浪漫情懷，處處充滿著陽光，同時也注重口感，懂得過有品味的生活。

其實，為了身體上的飲食均衡發展，吃正確的健康零食，不但可以在飢餓來襲時減輕飢餓感；當心情不佳時，也可以減少個人暴飲暴食的不良習慣；甚至吃下某些零食，還有療癒心情的效果。

下面介紹一些美味的養生零食：

黑巧克力

根據血管生成基金會（Angiogenesis Foudation）的研究發現，黑巧克力、葡萄、大豆、綠茶、大蒜等，都具有殺死癌細胞的功效。巧克力本身就具有多種抗氧化物，而黑巧克力的抗氧化活性是紅酒的三倍，多酚含量是綠茶的四倍。選擇色澤較黑、純度達百分之六十五以上的黑巧克力作為日常零食，一舉數得。至於牛奶巧克力或巧克力醬就比較不適合，因為加工過程會降低巧克力的抗氧化活性。

蔓越莓、藍莓

早在四百年前，印地安人就懂得食用蔓越莓來養生了。根據美國康乃爾大學實驗室的研究發現，蔓越莓能抑制乳癌細胞的增殖，同時能有效改善泌尿道感染。它獨特的抗黏與抗菌成分，可以阻斷部分有害人體的細菌附著在身體細胞上。無論男女，多吃蔓越莓和藍莓，對健康養生都很有幫助。另外，根據《英格蘭營養期刊》（British Journal of Nutrition）的研究，已證明蔓越莓可以改善攝護腺癌徵狀的PSA（攝護腺特異抗原）指數。

純手工蔬菜餅乾

採用少許有機低筋麵粉，搭配日本有機超濃縮蔬菜粉末，再加上五色根莖類蔬菜素材研磨成粉，並放入有機全麥的素材、大麥片、小麥片、黑麥片、燕麥片，以高科技真空太空艙急速冷凍乾燥法製作的蔬菜手工餅乾，利用蔬菜五行五色原理，可調理溫補人的五臟六腑，修補細胞。其中，以有機發芽玄米研磨製成的餅乾，含有豐富維生素B群、礦物質及膳食纖維，營養完整，可排除體內毒素。

有機腰果

含有多種維生素、微量元素及天然多酚，可以潤膚美容、延緩老化，有益於預防心血管疾病。

有機南瓜子

富含植物性ω-3脂肪酸與鋅、硒等礦物質，能緩和發炎症狀，調理賀爾蒙，並有助於預防攝護腺疾病。植物性不飽和脂肪酸是現代人補充必需脂肪酸的最佳來源，也是身體循環很重要的營養補給。

有機葵瓜子

自古以來，葵花子的營養價值就備受世人推崇，不但可以作為零食，還可以用來製作糕點。有機葵花子含有豐富的鉀元素，可保護心臟功能、預防高血壓。豐富的維生素E，有預防衰老及心血管疾病的作用，並能提高免疫力。此外，其中所含的植物固醇和磷脂，可以抑制人體膽固醇的合成，防止血液中的膽固醇過高，避免動脈硬化。

有機核桃

富含維生素B群，鈣、鎂、鉀等礦物質，以及人體必需脂肪酸，能穩定神經傳導、補充腦細胞營養、增強大腦靈活度及延緩腦部老化。

毛豆

毛豆的營養價值很高，除了含有豐富蛋白質外，還有百分之二十五的碳水化合物及百分之五的礦物質，其中鐵質不但比穀類或其他豆類多，且容易被人體所吸收利用。另外，豆類裡的異黃酮可以預防乳癌，且根據動物試驗證實，多吃毛豆可以抑制攝護腺腫瘤的擴散。

毛豆鮮嫩甜美，只要用水煮熟後，加鹽、胡椒或辣椒，當成零食或開胃菜，就可以食用，很方便。

開心果

開心果所含的植物固醇量在堅果類中居冠，具有保護心血管健康的效果。

另外，它所含的γ生育酚（維生素E的一種成分）可以降低肺癌風險，白藜蘆醇（resveratrol）也是開心果中的重要成分，含量僅次於紅酒，在對抗癌症與預防心血管疾病上，都扮演著舉足輕重的角色。

蜜棗乾

蜜棗乾含有大量的膳食纖維，有助於排便，在大腸癌高居癌症榜首的今天，應該要多食蜜棗乾。

蜜棗含有大量的抗氧化成分，如β胡蘿蔔素、花青素等，可以保護身體不受自由基的傷害。而且，蜜棗具有改變身體雌激素的代謝作用，故有可能預防乳癌。

天然不加糖、人工色素的蜜棗乾，是最好的防癌、抗癌零食。

第27章 提振幸福力的十個妙方

「愛心」是勇氣的表現，「真情」是美好滿足感，唯有用愛心善待身邊的人，才會擁有真實的幸福。健康是奠定家庭及個人的幸福基石，我用自己爭取到的幸福力，期待以愛心祝福每個人的身心靈都能幸福美滿。

以下，我依自己的經驗分享女人如何為自己提振幸福力的十種妙方：

1. 在朝陽下散步

選一個溫暖的早晨或是夕陽西下，陽光不是很強烈的時候，放輕鬆漫步，享受一下晨曦的光芒或是夕照，因為陽光能夠驅除身心靈中的陰霾不快之氣。據心理學專家研究發現，陰暗的光線會抑制皮色激素，令人心情抑鬱。多走到戶外享受陽光，如果非得做個宅男宅女，那麼就打開窗簾，讓室內陽光充足，就會有一股幸福的能量力源源而來。

2. 享受無盡的幻想樂

舒舒服服地坐下來，任憑天馬行空，讓你的幻想像飛仙一般地馳騁飄搖吧。

3. 聆聽美好回憶老歌

放一些可以讓自己回味無窮的老歌，讓歌聲伴你進入美好時光中。

4. 體會園藝的美趣

每天在花園裡栽種花草，在這花草生長的世界中，感受到天地萬物的寬闊之美。

5. 享受按摩的肢體樂

按摩可以紓壓解悶，還能消除身體上某些部位的緊張，我很喜歡找人按摩，泰式拉筋按摩、中式舒緩筋絡按摩、油壓指壓按摩，或是香精紓解按摩，都是很好的增加幸福力的方法。

6. 為自己買一份禮物

鼓勵自己一下吧，買一份好吃的巧克力甜點；或買一套新衣服，讓自己看起來精神抖擻；或是買一隻新潮顏色的唇膏，讓自己更亮眼。

7. 給朋友一通電話

打電話久未聯絡或是經常想念的好朋友，給對方一個驚喜。久別的歡呼聲，會讓你有個好心情。

8. 和孩子一塊玩遊戲

跟著孩子的眼光去看人生，他們天真無瑕的念頭，可以讓你感受到不少的歡樂，進而對人生有更正面的看法。這段時間，我經常摟著可愛的小孫女，學她呀呀的話語，跟著她玩遊戲，讓我忘掉了很多煩惱。

9. 放自己一個減壓假

利用二至三天的假日，選一個遠離塵世的郊區，讓自己放風一下吧。沒有熟人打擾，沒有手機干擾，享受一個人旅行的孤獨樂趣，這是很過癮的事。

10. 別害羞，嘗試新運動

不管年齡大小，不論合不合適，只要你想運動，想要學習，就去吧。衝浪、跳街舞、跳肚皮舞、變魔術、玩飛翼傘、搭熱氣球等等，所有年輕人的玩意，只要你覺得適合，就不要害羞，勇敢去嘗試吧。

【公車上的老爺爺】

現代人冷漠到難以想像的地步，一位朋友被車撞傷了，倒在路旁足足有半小時，附近人車來來往往，居然沒有人停下來扶她一把，她感嘆不已。下面這則小故事，值得我們將一顆心打開一點點，就夠了，小小的貼心，帶來無比的溫暖，不要嫌善小而不為之。下面這則小故事，可以給大家點小啟示。

有一位年輕人上了公車，隨後有一位老爺爺上了車，並坐在他身旁。不知過了多久，那位爺爺睡著了，並且把頭倚在那位年輕人肩上，那人不以為意；但是他發現下一站就要下車了，他轉頭看看倚在自己肩上的老爺爺睡的多麼沉穩，他不忍心叫醒他。直到到達終點站，車上傳來司機廣播：「終點站到了，請所有乘客下車。」那位爺爺於是醒了過來，說道：「啊！我睡了多久？真對不起。」「沒關係。」那位年輕人回答。老爺爺忽然握住年輕人的手說道：「真是謝謝你，我剛剛夢到與五十多年不見的母親重聚，並且開心地與她道別。」

第28章

「讚美操」舒眉、展顏、拉筋骨

有人說，運動是忘卻痛苦的最佳肢體療傷法。

平常喜歡運動的人，可以藉由跑步、登山、游泳、騎車、練拳、擊劍等活動的參與，幫助自己不要鑽牛角尖；而喜歡安靜的人，就可以從事一些靜態的活動，如讀書、習字練畫、蒔花養魚、下棋打牌等。

只要能學會這些休閒活動，適度放鬆自己，就能擁有健康快樂的好心情。

近年來，我很喜歡做「讚美操」，它是一種「操中有舞，舞中有操」的體適能運動，由資深旅美音樂人——吳美雲老師作曲編舞。她的設計理念是結合優雅的舞蹈及呼吸吐納，還有各式健身運動，讓全身筋骨舒展開來。每天靈修、敬拜、讚美、禱告，以神的話語來滌淨我們的身心靈，並以優美的旋律提升我們的氣質，同時利用優雅的肢體運動來維持健康。此外，也可以藉著讚美操的分享，增強人際互動關係，並提升生活品質。

讚美操創始於二〇〇三年，每首詩歌長三到五分鐘，一集有十二首詩歌，目前已完成六集，並推廣到公園社區廣場、醫院、學校、教會及各工作機構等地方，還風行到全世界華人圈。

讚美操也可以稱之為早操，但是它舞動的姿勢有如舞蹈十分美妙。第一首是〈你的右手必扶持我〉，歌詞是《聖經・詩篇一三九》第九至十：「我若展開清晨的翅膀，飛到海極居住，就是在那裡，你的手必引導我；你的右手也必扶持我。」起初都是很簡單的手部與上半身的動作。隨著音樂，動作開始加大並激烈起來，快速的下半身運動讓我流汗夾背。整個讚美操從開始到結束，剛好一個小時。我都是上網跟著網路上的教學學習的，它能讓我活動筋骨，舒眉展顏開，我非常喜歡。

配合聖潔的詩歌輕輕哼唱著，四肢做出各種拉筋鬆骨的運動，每次做完後都會滿身大汗，既可排出身體上的毒，連心靈上的毒，都得以清掃乾淨，各位有興趣不妨上網找影片學習，或是查詢看看在你家附近的公園是否有人現場教學，這是很好的身心靈舞蹈操，尤其第二集《求祢為我造清潔的心》，每次做到這裡，我都熱淚盈眶，感謝再感謝。

46則愛的小語

女人要多愛自己！投資自己！如果你費盡心血投資在男人，十幾年過去了。有一天男人有了新歡撰擇離開你，即便你苦苦的哀求，男人還是執意要離開你。傷心、痛苦只有自己。若是你投資你自己，你的經濟獨立，思想獨立，你不用依靠男人。把自己打扮的出色美麗，相信會有更多人喜歡你。女人通常都要管身邊的男人，但是沒有辨法管控他們的！好男人不用管，不愛你的男人不要你管，壞男人你管不了。所以男人不用管，女人最好的方式就是好好管理自己！投資自己！讓你自己成為出色的女人！來吧！可愛的女人一起愛自己吧！共勉之！

【小故事】看破、看透的人生

不是你的菜、千萬不要去掀鍋蓋，不是你的真愛，千萬別去依賴。人生：看你的人多，但懂你的人少，説你的人多，能理解你的人，卻少之又少，相遇的人很多，相依的人很少。這個世界有淚自己流，有苦自己受，若沒人理解自己努力，沒人幫助自己盡力，很多人認為強者是沒眼淚，其實強者是含著眼淚向前衝，因為世界上最看不透的就是人心。難不難自己知道，苦不苦自己心裏明瞭。唉呀！人人都有苦衷，事事都有無奈，別羨慕別人的成功，也不嘲笑別人的不幸，人生這輩子，機遇難同，因緣各異，幸也好，不幸也罷，都是自己的人生，盡力做好事情，盡力做好自己，人生就算完整。

每天：晨起幕落是日子，奔波忙碌是人生，路途再遠，終有盡頭，痛苦再深，也會結束，這個世界上沒有一成不變的永恆，快樂在時，好好把握，心裏不快樂時，也不必在意，當愛在時，好好珍惜，當愛不在時，也別惋惜。在這個善變的時代，多留意身邊的朋友，多一些理解，少一些計較，別把對你好的人忘記，敬愛的朋友們，做人別看不透，也別看不破，無論任何人的人生都不容易啊！加油！

1. 愛情不可能只有玫瑰花、鑽戒、海誓山盟以及所有浪漫的事情，它還包含柴米油鹽、養家糊口、奔波掙扎和無數雞毛蒜皮的現實生活。大部分失敗的愛情，並不是玫瑰花送的對不對，鑽戒夠不夠大，而是一些生活細節上的衝突，和面對現實不肯相濡以沫的堅持。

2. 人要學會懂得自我欣賞，能做到這個地步，就代表你能擁有一把打開快樂的金鑰匙。懂得欣賞自己，並不是孤芳自賞，也不是唯我獨尊，更不是自我陶醉，而是能給自己一些快樂，讓自己學會尋找愉悅的那份心情。

3. 有些人經常憂慮過度，而讓自己精神耗損；有些人經常麻木不仁，對任何事情都無動於衷。前者是因聰明過頭而衰耗過度，導致做什麼事都懊悔。後者卻是不知悔恨為何物，每天都糊里糊塗地過日子，兩者都不對。

4. 人之所以痛苦，莫過於追求錯誤的東西。如果你不給自己煩惱，別人也永遠不可能給你煩惱。

5. 永遠要感謝給你逆境的眾生。要寬恕眾生，不論他有多壞，甚至他傷害過你，你一定要放下，才能得到真正的快樂。當你快樂時，你要想這快樂不是永恆的。當你痛苦時，你要想這痛苦也不是永恆的，終有盡頭。

6. 四十歲是女性人生轉變的重要年紀，是一個衝、衝、衝的年紀，要放大膽，不要顧慮太多。這年齡正是拓展人生最好的時間，要經常訓練自己從不同的角度來看事情。

7. 不要一味對別人不滿，應該要先檢討自己，對別人不滿，其實是害苦了自己。一個人如果不能從內心去原諒別人，就永遠不會心安理得。心中裝滿著自己的看法與想法的人，永遠聽不見別人的心聲。

8. 毀滅一個人，只需要一句話；培植一個人，卻需要千句話。所以當我們每說一句話之前，請先口下多留情。

9. 不必回頭去看咒罵你的人是誰？如果有一條瘋狗咬你一口，難道你也要趴下去反咬牠一口嗎？永遠不要浪費一分一秒去想任何你不喜歡的人。

10. 請用慈悲心和溫和的態度，把你的不滿與委屈說出來，別人就容易接受。同樣的瓶子，你為什麼要裝毒藥呢？同樣的心裡，你為什麼要充滿著煩惱呢？

11. 得不到的東西，我們總會以為它是美好的，那是因為你對他瞭解太少，沒有時間與他相處在一起。當有一天，你深入瞭解後，你會發現原來他並不如你想像中的那麼美好。

12. 很多人羨慕我豐富的人生經驗，卻不知道這些都是我用血淚換來的。當你真的身處其中時，有時真是痛苦到不行，不過，只要走過後，就一切雲淡風清，變成人生的養分了。

13. 遇到不如意的事時，從另一個角度去看去思考，你將會發現，它不但不是一種阻礙，反而是一種助力，原因就是在看你如何看待此事，要如何勇敢地去面對它，解決它。

14. 執子之手，與子共約白頭偕老，這不是許願，而是真的要實踐的。其實「愛」是一種美好的滿足，「情」是一種勇氣的表現。在人的內心深處，永遠都要充滿著一股相互的「情愛」才能長長久久。

15. 婚姻不是兩個人在同一個屋簷下共同生活那麼簡單。它同時是兩個人、兩個家族人格特質的交流衝擊，而這種衝擊效應該是無人可躲開的，因為它沒有是非對錯之分，更非商品買賣的選擇。唯一的解決方法，就是像家人般彼此包容、寬恕、忍耐、學習，才能在婚姻裡成長，獲得圓滿和幸福。

16. 築一個溫暖幸福的家，是我少女時代的美夢；用情愛來做投資的公司，經營一家幸福事業和溫暖的家園，是我一生的渴望、期待，也是我立志要完成的使命。

17. 有些人、事、物，就算是近在咫尺，若是無緣或是緣分未到，還是有如遠在天邊一般遙遠。

18. 因為死亡，我學會了如何勇敢活著；因為要活著，所以我學習如何擁有健康。唯有擁有健康，才能真正領悟到幸福的快樂。

19. 感念大地，感念自然，感念五色蔬菜，更感念每一個人的支持與愛護喚醒我的無限生命力。只要我們活著一天，就要把健康的幸福力傳給每一個有緣人。

20. 請重視「預防甚於治療」的養生真諦，在擁有健康時就懂得照顧自己，奠定「天天兩杯湯，健康好主張」的喝湯保健新觀念。

21. 景氣的循環就如同四季的輪轉，當我們身處在越低迷的谷底時，反彈的力道將會更大，重回巔峰的日子也將會越近。

22. 那天，我參加一個公益活動，看見一群靦腆卻依然努力叫賣的孩子，他們正在推銷自己烘培的月餅，希望更多的愛心人士能購買月餅，好為他們預備籌建的愛心家園爭取更多經費。一位斷臂的孩子很努力的，用她僅存的一隻手臂為我包裝月餅禮盒，我心疼地希望幫她的忙，但是她認真地拒絕了，她說：「我要親手包裝，以感謝妳的愛心。」

23. 身心障礙的孩子，用行動超越了自己受困的身體，不論命運對他們多麼殘酷、不公平，他們依然保有那份純真樂觀的心境，靠自己的力量，堅強的活下去。

24. 我從孩子身上學到了「純真」與「自然」，一個人如果能一生都保有這些特質，我相信他永遠是美麗善良的。因為自然和單純從內在所散發出的這份能量，也更能獲得積極樂觀進取的生活態度。

25. 人，要多吃自然的食物，用大自然的力量來調和身體的能量，進而才能恢復體內自癒力、強化免疫能力為正常。

26. 「堅持吃對的食物，做對的事」是為人應有的特質，把情與愛傳揚出去是我一生的志業。人生苦短，只要你願意，也能完成許多有意義的事。

27. 可以聽見風聲，是幸福的；可以觸摸到綠葉，是幸福的；一個人能夠重生，更是莫大的福報與幸福。

28. 為人子女，要在父母都還健在時，多多表達及時的愛，以行動來孝順父母，不要吝於付出你關愛，晨昏定省，每天兩杯「孝順蔬菜精華湯汁」、「孝心發芽玄米精華湯汁」來保養和照顧父母親的健康，這就是最簡單的孝親方式。

29. 不管愛情、事業、健康、金錢，遇到不如意時，只有迎面而對，不畏懼困難，生命一定會幫你找到新的出路的。

30. 老天爺很喜歡跟我們開玩笑，祂讓我們生病，卻又幫我們在身旁就近處找到解藥，只要找對方法，一定能重拾健康。身體是自己的，並不是借來的，絕對有義務要將身體顧好。相信就有力量，「有機」會重生。

31. 「健康是幸福的基礎，幸福是情愛的根源。」所愛的人能平安，就是幸福；能健康地活著，就是幸福！

32. 無論遇到任何逆境，絕對不要放棄自己。任何人都可以放棄你，唯有自己絕不能放棄自己，加油！生命一定會另找出口。

33. 人生無法重來，不要等到失去了才來珍惜。感念蔬菜湯組合讓我重生，也希望藉由我生病的痛苦經歷，喚起大家對健康的重視。唯有健康才是人生最大的財富。

34.酸性體質是萬病之源，目前大環境的嚴重汙染，水質不佳、汽機車排放廢氣汙染、食品添加物、農藥殘存，以及工作壓力、電磁波干擾、運動不足，還有外食機會多，長期營養不良、不足、不均衡種種，造成了身體的抵抗力降低，導致體內毒素再度累積，無法排出，以致形成很多文明病，甚至癌症也是。

35.養生蔬菜湯、發芽糙米茶具有讓身體健康的清潔、調理、營養，身體健康的三大要素，能夠讓體內細胞由酸性轉變成健康的弱鹼性，能夠滋長出健康長壽的細胞，將體內廢棄毒素排除掉，達到調理體質的效果，讓你開展出健康青春有活力的人生。

36.「人的一生之計在健康」，時時不忘將身體「除舊」；經常要將體內毒素排除，做好體內環保，打造好的體質；「布新」能讓新的飲食帶來新習慣，新習慣能開創新生命。吃正確食物，才能為身體布下新機，也為自己和家人儲蓄滿滿的幸福能量！

37.兒時，我曾為家貧而抱怨，但媽媽總是勉勵我說：「窮人家的孩子沒有權力抱怨貧窮，我們的命運就像是地上的青草，任人踐踏，即使被人踐踏了，也要勇敢的站起來，唯有咬緊牙關，努力往前衝，才能擺脫貧窮。」我到今天都還牢牢記住媽媽的話。

38. 男人總希望做妻子的能夠以言語和行動來鼓勵他，要經常對妳的另一半說：「你做的真不錯」、「我知道你會做的更好」之類的話，甚至想一些辦法來減輕男人的負擔，鼓勵男人做一個真實的人，而不是總想著要去改變男人。

39. 幸福是什麼？幸福不是給別人看的，與別人怎麼說都沒有關係。重要的是自己心中能否充滿著一片快樂的陽光。換句話說，幸福要掌握在自己的手中。幸福是一種感覺，這種感覺應該是愉快的、使人心情舒暢、甜蜜快樂的。

40. 愛有識別記號嗎？是的，有。
如果你正享受著愛，你會變得開朗、溫暖、坦率、漂亮、有趣。在你眼中的世界將會發生變化，它會以各種各樣的記號向你反映出你的愛，包括你用手勢和目光所表達出來的愛。

41. 愛情的幸福守則：
(1) 每天至少說一句讚美對方的話。
(2) 除非有緊要事情發生，否則絕不用力大聲吼叫。
(3) 雙方爭執不下時，就讓對方贏吧。

(4) 不要經常發脾氣。
(5) 當天的不愉快，一定要當天解決。
(6) 隨時準備向對方認錯。
(7) 批評對方的話語一定要出於愛意。
(8) 無論大事小事，絕對不會忽略對方的感覺。

42. 活著一天，就是有福氣，就該珍惜。每個人都能擁有生命，卻非每個人都懂得珍惜生命。不瞭解生命的人，生命對他來說，就會是變成一種懲罰。

43. 要瞭解一個人，只需要看他的出發點與目的地是否相同，就可以知道他是否真心的。當你對自己誠實時，世界上沒有人能夠欺騙得了你。只會用傷害別人的手段來掩飾自己缺點的人，是可恥的，也是可悲的。

44. 情執是苦惱的原因，若是能放下情執，就能從此得到自在。當你學會關懷與祝福別人時，一種無形的布施，會讓你生命的能量更為茁壯。忘掉情執、情癡的困局吧。

45. 如果一個人沒有受過苦難，就不容易對他人施予同情。我們要學習救苦救難的精神，就得自己先受苦受難。這個世界是我們無法改變的，我們只能以慈悲心和智慧心來面對這一切。

46. 相信就是力量，因奇蹟絕不會發生在不相信的人身上。

社團法人中華身心障礙者職業技藝協會

立案字號：台內社字第八六三九二四○號

統編：81592150　　網址：www.dare.org.tw

地址：106臺北市大安區和平東路三段280號2樓之一

電話：(02)2733-1648　　傳真：(02)2733-6560

捐款帳號：永豐銀行-和平分行 16200100069688

戶名：社團法人身心障礙者職業技藝協會

林心笛關懷身障藝術家。

新銳生活12　BE0001

新銳文創
INDEPENDENT & UNIQUE

愛搭車的女人，只為走更遠的路
──在愛與死亡錯局中的生命領悟

作　　者　林心笛
責任編輯　鄭伊庭
圖文排版　賴英珍、張慧雯
封面設計　王嵩賀

出版策劃　新銳文創
發 行 人　宋政坤
法律顧問　毛國樑　律師
製作發行　秀威資訊科技股份有限公司
114 台北市內湖區瑞光路76巷65號1樓
電話：+886-2-2796-3638　傳真：+886-2-2796-1377
服務信箱：service@showwe.com.tw
http://www.showwe.com.tw
郵政劃撥　19563868　戶名：秀威資訊科技股份有限公司
展售門市　國家書店【松江門市】
104 台北市中山區松江路209號1樓
電話：+886-2-2518-0207　傳真：+886-2-2518-0778
網路訂購　秀威網路書店：http://www.bodbooks.com.tw
國家網路書店：http://www.govbooks.com.tw

出版日期　2015年2月　BOD一版
定　　價　280元

Printed in Taiwan

國家圖書館出版品預行編目

愛搭車的女人, 只為走更遠的路 : 在愛與死亡錯局中的生命領悟 / 林心笛著. -- 一版. -- 臺北市 : 林心笛 ; 新北市 : 貿騰發賣圖書經銷, 2015.02

面； 公分

BOD版

ISBN 978-957-43-1848-3 (平裝)

855 103019282

讀者回函卡

感謝您購買本書，為提升服務品質，請填妥以下資料，將讀者回函卡直接寄回或傳真本公司，收到您的寶貴意見後，我們會收藏記錄及檢討，謝謝！

如您需要了解本公司最新出版書目、購書優惠或企劃活動，歡迎您上網查詢或下載相關資料：http:// www.showwe.com.tw

您購買的書名：________________________________

出生日期：________年________月________日

學歷：□高中（含）以下　□大專　□研究所（含）以上

職業：□製造業　□金融業　□資訊業　□軍警　□傳播業　□自由業

□服務業　□公務員　□教職　□學生　□家管　□其它____

購書地點：□網路書店　□實體書店　□書展　□郵購　□贈閱　□其他

您從何得知本書的消息？

□網路書店　□實體書店　□網路搜尋　□電子報　□書訊　□雜誌

□傳播媒體　□親友推薦　□網站推薦　□部落格　□其他________

您對本書的評價：（請填代號　1.非常滿意　2.滿意　3.尚可　4.再改進）

封面設計____　版面編排____　內容____　文／譯筆____　價格____

讀完書後您覺得：

□很有收穫　□有收穫　□收穫不多　□沒收穫

對我們的建議：________________________________

____

____

____

請貼
郵票

11466
台北市內湖區瑞光路 76 巷 65 號 1 樓
秀威資訊科技股份有限公司 收
BOD 數位出版事業部

(請沿線對折寄回，謝謝！)

姓　　名：________________ 年齡：________ 性別：□女　□男

郵遞區號：□□□□□

地　　址：____

聯絡電話：(日) ________________ (夜) ________________

E-mail：____